L'EAU-DE-VIE

SES DANGERS

CONFÉRENCES POPULAIRES

PAR

A. BOUCHARDAT

PROFESSEUR D'HYGIÈNE A LA FACULTÉ DE MÉDECINE DE PARIS
MEMBRE DE L'ACADÉMIE IMPÉRIALE DE MÉDECINE

ET

H. JUNOD

PASTEUR A SAINT-MARTIN (CANTON DE NEÜCHATEL)

PARIS

CH. MEYRUEIS ET Cⁱᴱ   GERMER-BAILLIÈRE
RUE DE RIVOLI, 174   17, RUE DE L'ÉCOLE-DE-MÉDECINE

L'EAU-DE-VIE

PARIS. — TYPOGRAPHIE DE CH. MEYRUEIS ET Cie

RUE DES GRÈS, 11

L'EAU-DE-VIE

SES DANGERS

CONFÉRENCES POPULAIRES

PAR

A. BOUCHARDAT

PROFESSEUR D'HYGIÈNE A LA FACULTÉ DE MÉDECINE DE PARIS
MEMBRE DE L'ACADÉMIE IMPÉRIALE DE MÉDECINE

ET

⋅ H. JUNOD

PASTEUR A SAINT-MARTIN (CANTON DE NEUCHATEL)

PARIS

GERMER-BAILLIÈRE	CH. MEYRUEIS ET Cⁱᵉ
17, RUE DE L'ÉCOLE-DE-MÉDECINE	RUE DE RIVOLI, 174

1863

DE L'USAGE ET DE L'ABUS

DES BOISSONS FERMENTÉES

ET DES LIQUEURS FORTES

Par M. BOUCHARDAT

CONFÉRENCES DE L'ASSOCIATION POLYTECHNIQUE POUR LES OUVRIERS

FAITES DANS LE GRAND AMPHITHÉATRE DE LA FACULTÉ DE MÉDECINE

PREMIÈRE CONFÉRENCE

Répondant avec bonheur à l'honorable invitation de M. le président et de MM. les membres de l'Association polytechnique, j'ai pour but, dans les deux conférences que je me propose de faire, de traiter de l'usage et de l'abus des boissons fermentées et des liqueurs fortes.

Il est peu de sujets plus dignes en France de l'attention de tous. La production viticole est un de nos grands intérêts nationaux; plus de deux millions d'hectares sont consacrés chez nous à cette riche culture qui, après celle du blé, donne le plus d'ouvrage à nos travailleurs agricoles, et doit fournir, grâce aux traités récents, la base la plus solide et la plus large à notre commerce d'exportation.

Vigneron de naissance et de cœur, j'ai fait tous mes efforts pour être initié aux connaissances difficiles qu'exige, pour être bien connue, cette branche de notre économie rurale; d'un autre côté, professeur d'hygiène de cette Faculté, j'ai dû réfléchir sur les maux innombrables que produit l'abus des liqueurs fortes.

Plus j'ai sondé avec soin les profondeurs de cette question, plus je suis demeuré convaincu que l'usage exagéré, intempestif des alcooliques, est l'ennemi que le médecin et le philosophe doivent le plus redouter comme s'opposant à la marche ascendante de l'humanité.

Avant d'entrer en matière, j'ai besoin de vous dire rapidement quels ont été, en France, depuis un siècle, les progrès de l'hygiène ; quelles ont été les bases sur lesquelles ils se sont appuyés, car j'espère vous démontrer, à la fin de ces études, que ce sont précisément ces bases que la passion alcoolique ébranlerait si on n'arrêtait son essor, en leur opposant les lumières de l'expérience et de la raison.

Depuis le commencement de ce siècle, avec des oscillations diverses, l'hygiène a fait d'incontestables progrès, qui sont nettement accusés par l'augmentation de la durée moyenne de la vie. Avant 1789, les tableaux de Duvillars nous apprennent que la durée moyenne de la vie était de vingt-huit ans ; en 1817, elle s'élève à trente et un ; en 1834, à trente-quatre, et en 1853 à trente-six ; ainsi, d'une manière générale, on peut dire que l'hygiène a marché avec les progrès de la civilisation ; hâtons-nous d'ajouter cependant que la civilisation, avançant dans une certaine direction, conduit l'humanité à la décadence et tend à abréger la durée moyenne de la vie.

L'agglomération du peuple dans de grandes manufactures n'a pas été un progrès sur tous les points. Il n'est besoin que de rappeler ici l'état déplorable, à une certaine époque, des populations ouvrières de Manchester et de Lille. Dans quelques-uns des quartiers de ces villes, la durée moyenne de la vie était descendue au-dessous des chiffres les plus bas que nous avons cités. Le mouvement des habitants des campagnes vers les grandes villes est également un résultat fâcheux des progrès de la civilisation. Chez ces hommes éloignés des champs, naissent des besoins factices qu'il faut satisfaire en négligeant les besoins réels ; avec bien d'autres maux apparaît chez eux cet état que l'on peut désigner sous le nom d'*ennui de la vie*, que l'on cherche à combattre par ces moteurs du système nerveux : le tabac, l'alcool, fléaux de l'humanité qui la conduiraient à la décadence, si leur usage abusif continuait à s'étendre.

Les progrès de l'hygiène effectués chez nous s'appuient sur trois bases principales : l'égalité devant la loi, le travail énergique et la moralité. L'habitant des campagnes, par le jeu de nos lois, est devenu propriétaire de la plus grande partie du sol, qui a constitué sa grande caisse d'épargne; il est devenu prévoyant afin d'acheter un coin de terre sur lequel il emploie ses forces. Le travail énergique et continu éloigne la misère, raffermit l'esprit de famille et la moralité. L'aisance et les bonnes mœurs sont les meilleurs auxiliaires de l'hygiène.

Voici l'ordre dans lequel je vais étudier la question : je traiterai d'abord des alcooliques en général et de leur action immédiate sur l'économie animale; puis j'aborderai l'histoire des principales boissons fermentées et des produits spiritueux; je terminerai par l'étude des maux que peut déterminer l'abus prolongé des liqueurs fortes.

Des alcooliques en général.

Pour rendre plus nette l'appréciation du rôle des boissons fermentées et des produits distillés qui en dérivent, je m'occuperai d'abord de l'action physiologique de l'*alcool étendu d'eau*.

Absorption. — L'alcool étendu d'eau est très rapidement absorbé. Voici une expérience, que j'ai exécutée avec M. Sandras (1), qui le démontre. On donna à un chien vigoureux une soupe additionnée de 150 grammes d'alcool et de 50 grammes d'huile; il l'avala sans difficulté, et il fut sacrifié deux heures après ce repas. L'*estomac* ne contenait plus qu'une petite quantité d'alcool; on ne put en extraire par la distillation 1 gramme des matières qu'il renfermait. Les *intestins* n'en contenaient point; le chyme n'accusait pas la présence de l'alcool à l'odorat le plus subtil.

Il est évident que c'est dans l'estomac que l'alcool est absorbé; si l'on recherche quelles sont les voies par lesquelles il est conduit dans la circulation, on trouve tout d'abord, comme un fait incontestable, et dont les premiers, M. Sandras et moi, avons signalé l'importance, que le *chyle* n'en renferme aucune trace. Au contraire, nous avons pu en extraire une notable proportion du sang tiré de la *veine porte* d'un chien sacrifié deux heures

(1) Sur les boissons alcooliques (*Annuaire de thérapeutique*).

après un repas alcoolique. MM. Lallemand, Perrin et Duroy en ont extrait du foie, du cerveau et d'autres organes d'animaux alcoolisés.

Action sur le sang. — La présence de l'alcool dans le sang artériel et son action sur ce sang, sont mis en évidence par une expérience (1) dont les résultats apparaissent avec la plus grande facilité.

On sait que peu d'animaux ont de l'appétence pour l'eau-de-vie, et même que quelques-uns, tels que le lapin, sont tués par de faibles quantités de ce liquide; mais il en est d'autres, tels que certains coqs, qui recherchent avidement les mets qui en sont imprégnés. Nos expériences ont été faites sur un vieux coq qui avait un goût prononcé pour le pain trempé dans l'eau-de-vie. Il le mangeait avec tant d'activité, qu'il ne tardait pas à présenter les principaux phénomènes de l'ivresse : yeux brillants, marche vacillante absolument comme celle d'un ivrogne; mais le fait sur lequel je désire actuellement appeler l'attention, c'est la modification de couleur qui survenait dans sa crête.

A la couleur rouge, rutilante, qu'elle a dans l'état normal, succédait une couleur noire; le sang artériel qu'elle contenait était remplacé par un sang présentant le caractère de coloration du sang veineux. Cette observation démontre la présence de l'alcool dans le sang artériel, met en évidence son action sur ce sang, et donne une explication satisfaisante des cas de mort subite par asphyxie qu'on a notés chez des ivrognes. J'ai eu de nombreuses occasions de voir de ces morts subites par empoisonnement alcoolique dans un bouge de la rue de Glatigny sur lequel je reviendrai plus loin. Les ivrognes, à bout de ressources pour satisfaire leur passion, avaient trouvé ce moyen d'en finir avec la vie.

Elimination. — L'alcool absorbé est-il éliminé de l'économie et par quelles voies l'est-il? Voilà une question délicate et qui a été très controversée, nous allons l'aborder avec réserve. M. Sandras et moi nous avons constaté (*loco citato*, page 276) qu'un ivrogne étant gorgé d'alcool, si on reçoit les gaz et les vapeurs de son aspiration pulmonaire dans un ballon refroidi, l'eau qu'on recueille est très faiblement alcoolisée; mais nous avons reconnu que l'alcool ainsi éliminé par les poumons ne représen-

---

(1) *Annuaire de thérapeutique.* 1847, page 274.

tait qu'une très faible partie de l'alcool absorbé. Nous l'avons vainement recherché dans la sueur et dans l'urine; pour cette dernière excrétion, MM. Lallemand, Perrin et Duroy ont été plus heureux que nous. Quoi qu'il en soit, ils n'en ont jamais obtenu que des quantités qui ne peuvent en aucune manière représenter l'alcool absorbé; aussi je ne saurais admettre les conclusions de ces auteurs qui veulent que l'alcool ne fasse que traverser l'économie sans être transformé. Nous avons observé pendant plusieurs jours un homme dans le régime duquel intervenaient plus de 300 grammes d'alcool sous forme de vin rouge, et certes une quantité si considérable éliminée ne nous serait point échappée. Nous regardons encore comme bien fondée la conclusion principale de notre travail sur le rôle des alcooliques. Une petite portion de l'alcool absorbée par l'économie vivante est éliminée, mais la plus grande partie est détruite et transformée, en définitive, en acide carbonique et en eau (1).

Par quels états intermédiaires passe cet alcool? Voilà une question secondaire qui demande de nouvelles recherches. On avait annoncé qu'il se formait de l'*aldéhyde;* nous n'avons pu, non plus que les auteurs cités, constater l'existence de ce corps intermédiaire. Dans une de nos expériences, nous avons trouvé de

(1) Depuis que ces paroles ont été prononcées, une commission, dans laquelle je compte des maîtres, des collègues et des amis, a fait obtenir au travail de MM. Perrin, Lallemand et Duroy la haute consécration d'un prix Montyon.

La conclusion principale de ce travail a été ainsi présentée par la commission : « MM. Ludger, Lallemand, Perrin et Duroy ont été conduits à rechercher si l'alcool se détruisait bien réellement dans l'organisme, et si l'on devait continuer à considérer cette substance comme un aliment dit respiratoire. Ils ont recherché s'ils retrouveraient les produits de combustion de l'alcool, savoir l'aldéhyde et l'acide acétique. Toutes leurs expériences ayant été négatives, ces auteurs se sont crus autorisés à conclure que l'alcool devait être considéré comme une susbtance non assimilable, agissant en nature et comme un excitant local des tissus. »

Les expériences qui me sont communes avec Sandras nous ont conduits à dire que la plus faible proportion d'alcool absorbé par un homme était éliminée, *que la plus grande* partie était détruite et convertie en acide carbonique et en eau.

On ne peut différer plus complètement.

Si je n'étais pas certain de n'avoir retrouvé dans les excrétions qu'une faible partie de l'alcool ingéré, c'est avec plaisir que je reconnaîtrais mon erreur.

J'ajouterai que, malgré ma conviction d'avoir soutenu la vérité, en présence de jeunes et estimables savants, je n'aurais pas insisté; mais je place trop haut la sanction de l'Académie des sciences pour ne pas dire : Entre MM. Perrin, Lallemand, Duroy et nous, c'est une question que *la balance* doit décider. J'en appelle aux expérimentateurs, aux membres de la commission, aux auteurs eux-mêmes. *Pesez* l'alcool à l'entrée et à la sortie de l'économie vivante, puis concluez.

1*

l'acide acétique. Est-ce un résultat accidentel, ou cette transformation intermédiaire de l'alcool en acide acétique est-elle un phénomène constant? C'est ce que je ne pourrais décider.

L'usage des alcooliques est très différent suivant la contrée et le climat; on consomme plus de boissons alcooliques en hiver qu'en été. M. Hus, médecin distingué, qui a écrit un livre très remarquable sur l'abus des alcooliques, nous apprend qu'en Suède beaucoup d'ouvriers peuvent, par l'habitude, absorber jusqu'à un demi-litre d'eau-de-vie par jour, et aussi les maladies du cerveau sont-elles extrêmement communes dans cette classe de buveurs dont la vie est considérablement abrégée. En Russie, la consommation de l'alcool est énorme, elle paraît encouragée par les fermiers de l'impôt; c'est une des réformes les plus importantes à apporter dans le système fiscal de ce grand Etat.

Si nous cherchons l'influence des alcooliques suivant les âges, nous trouverons qu'ils sont très nuisibles dans la première enfance à tous les titres; que leur abus présente des dangers considérables pour les adolescents; que c'est dans l'âge de la force que leur usage est moins préjudiciable.

Il est une époque de la vie que je tiens à signaler par rapport à l'emploi des alcooliques, c'est l'âge dit *de retour*. Souvent à cette époque un goût prononcé, latent jusqu'alors, se révèle; à ce temps critique de la vie, le système nerveux, comme tous les autres subit un ébranlement, et l'abus des alcooliques peut devenir très nuisible. Loin d'en augmenter la dose journalière à cette époque, il faut plutôt la restreindre. On a dit que le vin était le *lait du vieillard*; à cet égard il faut s'entendre : dans la vieillesse verte l'emploi des alcooliques ne doit être que très modéré, mais quand on en arrive à cette période fatale de la vie désignée sous le nom de *vieillesse caduque*, que les aliments solides ne peuvent être convenablement digérés, le vin peut alors offrir une ressource suprême.

Si nous étudions maintenant l'influence des alcooliques sur le sexe, nous trouvons que la femme ayant le système nerveux très impressionnable doit en user avec la plus grande réserve. Il est une autre considération sur laquelle nous aurons à revenir qui corrobore cette prescription : une réserve continuelle est imposée à la femme; ivresse et pudeur sont deux choses incompatibles.

Il est une condition dans l'emploi des alcooliques sur laquelle je crois devoir insister : c'est l'influence de la vacuité de l'estomac.

L'ouvrier a l'habitude de prendre un petit verre au lever ; souvent, hélas! ils ne se borne point là. Dans ma pensée, c'est la condition la plus fâcheuse pour ingérer de l'alcool.

Cette boisson arrive dans le viscère encore vide et l'irrite. Après un repas d'aliments solides le suc gastrique est sécrété en abondance dans l'estomac, l'alcool se trouve ainsi étendu, l'absorption est ralentie et graduée.

A jeun, l'absorption est plus rapide, l'alcool plus concentré et l'action immédiate d'autant plus intense. Voilà les raisons physiologiques pour lesquelles je combats absolument les libations à jeun.

Les boissons fermentées dont on fait usage dans les différentes parties du globe, sont assez nombreuses, mais je ne traiterai que des principales, celles qui, dans notre Europe, forment la base de la consommation, le vin, le cidre et la bière.

VIN.

Le vin est, parmi les boissons fermentées, la plus importante, la plus utile quand son emploi est bien réglé, et la moins nuisible à certains égards, même quand on en abuse.

Voici l'ordre que je me propose de suivre : 1° je m'occuperai d'abord de la vigne ou du cépage ; 2° je dirai ensuite la composition du vin ; 3° j'étudierai son rôle dans la nutrition et les principales indications de son emploi ; 4° je ferai connaître les faits spéciaux se rapportant à son abus ; 5° je donnerai la classification hygiénique des vins ; 6° je parlerai de leur conservation, des moyens de les gouverner ; 7° j'indiquerai leurs principales maladies, et 8° leurs falsifications.

1° *Cépages.* — Quel est le nombre des espèces du genre vigne? C'est une question qui n'est point facile à élucider. On admet, je crois avec raison, que le nombre des espèces est très restreint ; celui des variétés est au contraire considérable. La collection du Luxembourg, qui est, il est vrai, la plus belle que l'on connaisse, et qui a été formée sous les auspices du gouvernement, par Chaptal, le duc Decazes et par M. Hardy, comprend plus de deux mille numéros. J'en ai donné le tableau complet dans mon *Traité de la maladie de la vigne* ; mais je dois reconnaître que beaucoup de variétés se retrouvent sous divers numéros. Je me crois cependant autorisé à dire qu'en réunissant les variétés semblables qui sont représentées sous des numéros différents, il s'en trouve plus de six cents parfaitement distinctes. Il existe quelques variétés, comme les chasselas, les muscats, les cots, que l'on rencontre dans presque toutes les contrées viticoles de la France ; mais on peut dire que chacune de ces contrées a une physionomie distincte, non-seulement pour le mode de culture, mais aussi pour la nature des cépages. A plus forte raison les cépages étrangers diffèrent-ils des nôtres.

Dans ce qui a trait à la qualité du vin et à la quantité moyenne de la récolte, la variété du cépage joue le premier rôle.

Je vais, dans un très court tableau, nommer les principaux cépages de la France, les plus dignes d'intérêt sous le rapport de la bonne qualité ou de l'abondance des produits.

DÉSIGNATION DES CÉPAGES QUI DOMINENT DANS LES PRINCIPAUX VIGNOBLES DE LA FRANCE.

Pineaux blanc, noir et gris.	Grands vins de Bourgogne et de Champagne.
Tresseau. César.	Vin de Bourgogne ordinaire.
Gamay. Meuniers.	Vins de Bourgogne et de Champagne communs.
Cot.	Vins de Cahors et du Cher.
Carbenet. Sauvignons.	Grands vins de la Gironde.
Riesling	Vins du Rhin.
Poulsart	Vins du Jura.
Sirrha. Roussanne. Marsanne	Vin de l'Hermitage.
Ribariéin. Mourvèdre. Picpouilles. Muscats. Grenache, etc.	Vins du Midi riches.
Aramon. Teret, Bouret	Vins du Midi communs.

On remarquera que c'est le même cépage, les *pineaux* noir et blanc qui fournissent tous les grands vins de la Bourgogne, et les seuls vrais mousseux de la Champagne.

Les *gamays* et les *meuniers* donnent des vins bien inférieurs à ceux que fournissent les *pineaux;* mais ces cépages possèdent l'immense avantage de mieux se défendre contre la gelée. Le bourgeon du *meunier* est protégé contre la rigueur du froid par cette production soyeuse blanche qui lui a donné son nom. Les *gamays* non-seulement montrent à chaque bourgeon beaucoup de raisins, mais les contre-bourgeons qui succèdent à ceux que la gelée a atteints sont aussi riches en fruits : ce qui n'a pas lieu pour nos fins cépages. Le *cot* donne un vin coloré qui s'associe bien à tous les vins plus délicats et qui leur donne du corps et de la durée; il en est de même du cépage *sirrha*, la gloire des coteaux de l'Hermitage. Les *aramons* et les *terets* sont les cépages fertiles de la plupart de nos départements du Languedoc et de la Provence; ils fournissaient jadis les vins de Chaudière; mais aujourd'hui, grâce au perfectionnement dans la conduite de la fermentation et aux désastres causés par l'oïdium, les vins qu'ils fournissent entrent pour une large part dans la consommation du peuple.

Après le cépage, ce qui a le plus d'influence sur la qualité du vin, ce sont les conditions diverses qui favorisent une égale et suffisante maturité : la latitude, l'exposition dans les contrées extrêmes (sud et sud-est), avec de bons abris du côté du nord. Voilà les conditions premières qui favorisent cette maturité, et à cela il faut ajouter les procédés de culture, la nature du terrain et peut-être aussi l'élévation au-dessus du niveau de la mer pour certains cépages, parmi lesquels je citerai les pineaux. M. de Verguette-Lamothe a fait la remarque intéressante, en effet, que les grands crus de la Bourgogne étaient plantés dans la grande oolithe, et à une élévation au-dessus du niveau de la mer qui varie de 230 à 270 mètres. J'ai confirmé la justesse de cette observation pour nos crus de l'Yonne les plus renommés.

2º *Composition.* — Je vais donner dans un tableau une énumération des principes immédiats qui entrent dans la composition du vin.

COMPOSITION MOYENNE D'UN VIN ROUGE POUR 1,000 PARTIES.

Eau. 878
Alcool du vin 100
— butyrique. . . . . ⎫
— amylique, etc. ⎬ traces
Aldéhydes, plusieurs . . . . ⎭
Ethers acétique, caprique, caprylique, etc. ⎫ bouquet. »
Parfums, huiles essentielles . . . . ⎭
Sucres, mannite, glycérine, mucilage, gommes . . . . . ⎫
Matières colorantes (œnocyanine) . . . . ⎪
— grasses. . . . . ⎪
— azotées (ferments). . . . . ⎬
Tannin, acide carbonique . . . . ⎪
Tartrate acide de potasse (6 grammes au plus) . . . . . ⎪
Tartrates, racémates. . . . . ⎫
Acétates, propionates . . . . ⎪
Butyrates, lactates . . . . ⎪ 22
Citrates, malates. . . . . ⎪
Sulfates, azotates. . . . . ⎬ Avec excès
Phosphates, silicates. . . . . ⎪ d'acides
Chlorures, bromures. . . . . ⎪
Iodures, fluorures . . . . ⎪
Succinates . . . . ⎭
Potasse, soude, chaux (traces), magnésie, alumine, oxyde
de fer, ammoniaque. . . . .

Que de principes immédiats dans la composition du vin ! et
mon énumération est loin d'être complète. Il se peut que quelques-uns des acides énoncés soient libres; mais presque tous
existent à l'état de sel avec excès d'acide. Il est évident que quelques-uns des corps que j'ai énumérés peuvent manquer dans
certains vins, et que plusieurs ne s'y trouvent que pour des frac-
tions de milligramme par litre.

La proportion d'alcool varie dans les vins naturels de 5 à 15
pour 100. Voici un tableau qui indique cette proportion pour les
principaux vins.

DE LA RICHESSE MOYENNE EN ALCOOL DES PRINCIPAUX VINS.

Côte-d'Or	Nuits-Rouge, 1846	13,5
—	Mont-Rachet blanc, 1846. .	14,0
Yonne.	Rouge d'Avallon, 1834. . . .	11,14
—	Blanc pineau chablis, 1842.	12,54
Lot	Cahors rouge, 1811	12,00
—	Cahors blanc, 1811	12,33
Gironde	Bordeaux rouge, 1841. . . .	10,10
—	Sauterne blanc.	15,0
Pyrénées-Orientales.	Banynuls	15,16
Drôme.	Hermitage.	11,0
Marne.	Sylleri mousseux . . . . . 9 à 11
Madère naturel		15,5
Malaga naturel.		15,0
Alicante.		15,2

L'alcool joue, à n'en pas douter, le principal rôle dans l'action physiologique et hygiénique du vin ; mais son influence est modifiée par plusieurs autres principes immédiats. Je vais dire quelques mots des principaux d'entre eux.

Le tannin et les matières colorantes du vin proviennent de la pellicule du grain, de la grappe et du pepin. Le tannin du vin est-il identique avec celui de la noix de galle? Cela est peu probable; mais nous devons avouer qu'une étude sévère de ce principe immédiat du raisin est encore à faire. M. Glenard a isolé du vin rouge deux matières colorantes qui paraissent être des principes immédiats définis.

Des acides existent toujours ou à l'état libre, ou à l'état de sels, avec réaction acide très prononcée. Dans les vins, la crème de tartre se trouve dans la proportion de 2 à 6 pour 1,000.

M. Pasteur a fait la découverte importante que l'acide succinique était comme l'alcool un produit constant du dédoublement des sucres sous l'influence des ferments alcooliques, il se trouve donc dans les vins.

Il en est de même de la glycérine dont la proportion est très forte, et que l'on confondait, avant ces belles recherches, avec les matières qu'on nommait extractives.

Les bases sont presque aussi nombreuses dans le vin que les

acides, ce sont celles qu'on trouve habituellement dans les organismes vivants : je dois mentionner la potasse et la soude, qui pour une faible proportion s'y rencontrent à l'état de chlorures comme dans le sang et les muscles de l'homme.

Que d'éléments divers se réunissent pour former ce produit désigné sous le nom de *bouquet !* Il résulte de l'union de plusieurs matières odorantes : alcools, éthers, aldéhyde, essences, matières analogues aux principes que M. Millon a désignés sous le nom de parfums.

Combien jusqu'ici les efforts les plus heureux ont été incomplets et imparfaits pour approcher de l'imitation des produits naturels d'une composition aussi complexe !

3° *Rôle du vin dans la nutrition.* — Quand on cherche à se rendre compte du rôle du vin dans la nutrition, on reconnaît d'abord l'importance de l'association de l'alcool avec un liquide d'une acidité prononcée ; non-seulement les deux saveurs, celle des acides et celle de l'alcool, s'associent heureusement, mais aussi, absorbées simultanément, l'acide modère l'énergie de la destruction de l'alcool dans l'économie, et par là, diminue son excès d'action sur le système nerveux.

Le tannin et les matières colorantes exercent une action sur l'estomac qui, dans certaines conditions, peut être regardée comme favorable ; le bouquet qui charme le sens du goût et de l'odorat doit avoir son utilité hygiénique, car on sait par l'observation de beaucoup d'autres faits que de très petites quantités de substances sapides exercent une heureuse influence sur la nutrition.

Le vin, dont la densité est voisine de celle de l'eau, est absorbé moins rapidement que l'eau-de-vie ; c'est encore une condition favorable qui a pour effet, en répartissant dans un temps plus long, l'absorption et l'utilisation de l'alcool, d'atténuer les dangers de l'excès. A dose égale d'alcool, le vin rouge enivre moins, ébranle moins le système nerveux que l'eau-de-vie.

Le vin s'absorbe sans subir d'autre modification que celle d'être étendu d'eau par son mélange avec le suc gastrique ; les ferments digestifs n'ont donc pas besoin d'intervenir pour son absorption et son rôle ultérieur dans la nutrition : ce qui explique très bien son utilité dans les maladies apyrétiques.

La complexité des matériaux organiques qui entrent dans la composition du vin et qui, à certains égards, se rapprochent de ceux de l'organisme humain, rend bien compte de l'action restaurante du vin chez les individus épuisés par suite d'une alimentation insuffisante.

Si nous considérons l'opportunité de l'usage du vin selon les âges, nous retrouvons à peu près les mêmes règles générales que nous avons tracées en parlant de l'eau-de-vie. Dans la première enfance, je crois que l'abstinence est un bon précepte, le vin n'ajoute rien aux qualités alimentaires du lait et peut lui nuire ; l'usage modéré du vin est utile pour l'adulte qui travaille, il convient au vieillard encore vert, mais en faible quantité, car l'abus est pour lui redoutable à plus de titres. Le bon vin est nécessaire pour rendre des forces au vieillard caduc quand la digestion est paresseuse ou interrompue. La femme peut user utilement du vin, mais en faible quantité, et toujours la même.

C'est pour l'ouvrier qui dépense beaucoup de forces que le vin, pris en juste mesure, est un bon auxiliaire de la viande ; mais c'est surtout pour lui que je demande la consommation régulière, en famille : autant cet usage ainsi compris est favorable, autant, et cent fois plus, l'abus du lundi et la privation de la semaine sont préjudiciables.

Le vin est bien préférable pour le marin à l'eau-de-vie que les difficultés de l'emmagasinage forcent quelquefois à lui donner. Un exemple très net l'a démontré : deux croisières, l'une française, l'autre anglaise, stationnaient dans les mers du Sud par de gros temps ; on distribuait aux marins français du vin, et aux anglais de l'eau-de-vie ; les derniers furent atteints du scorbut, et les premiers en furent exempts. Les matériaux inorganiques du vin, et particulièrement les sels de potasse, agirent dans ce cas en complétant l'alimentation.

Il est certaines imminences morbides pour lequelles l'usage du vin est très favorable. J'ai vérifié dans trop d'occasions l'utilité du vin donné en juste mesure aux glycosuriques, pour ne pas le leur conseiller presque toujours. Dans les pays à marécages, une bonne alimentation aidée d'une juste proportion de bon vin rouge, exerce une puissance préservatrice, sinon constante, du moins incontestable.

Dans les convalescences, qui suivent de longues maladies, l'usage du vin est aussi favorable que celui du bouillon : tous deux réparent les pertes de l'organisme et préparent à une alimentation plus complète. Quand l'estomac est encore malade, des lavements de vins rendent des services qu'on attendrait en vain de tout l'arsenal pharmaceutique.

4° *Abus du vin*. — L'abus du vin entraîne les mêmes inconvénients que celui de l'eau-de-vie, quoiqu'à un moindre degré. Je ne saurais trop m'élever contre l'usage abondant du vin à chaque repas, dont bien des personnes se font une habitude. Reconnaissons qu'il existe des idiosyncrasies très différentes : pour certains individus un verre de vin à chaque repas déterminera de la rougeur à la face, de la céphalalgie; pour d'autres, un litre semblera n'exercer aucune influence fâcheuse. Mais ne nous y trompons pas, l'excitation répétée du cerveau sans travail utile est toujours préjudiciable, et il est rare que la stimulation bachique soit employée pour développer et perfectionner l'intelligence.

L'ivresse du vin exerce des modifications moins promptes et moins profondes sur les appareils de l'innervation et de la digestion que l'ivresse de l'eau-de-vie.

Les ivrognes dans les pays vignobles où l'on recueille du vin peu riche en alcool, meurent beaucoup moins promptement que les victimes de l'alcool, quelques-uns peuvent atteindre une vieillesse assez avancée ; l'hydropisie consécutive aux maladies du cœur est la maladie qui les enlève le plus communément.

Dans les pays vignobles où le raisin n'atteint pas tous les ans une complète maturité, il se présente à certaines périodes des dangers pour la santé qui n'ont point encore été convenablement signalés. Un exemple les fera mieux comprendre et gravera plus sûrement le fait dans la mémoire.

J'avais un fermier que l'âge, une maladie antérieure et peut-être aussi l'usage un peu trop fréquent du liquide que récoltait son gendre le vigneron avaient considérablement affaibli. Il buvait ordinairement deux litres de vin par jour, et il prétendait ne s'en pas mal trouver. Nous étions aux vendanges de 1846, on consommait encore du vin de 1845 de la plus faible qualité, provenant de raisins d'une maturité très incomplète : « Père X..., lui dis-je, restreignez à un vos deux litres de vin que vous buvez en vingt-quatre heures, car le vin de 1846 contiendra 10 pour 100 d'alcool d'après l'analyse que j'ai faite des moûts, tandis que celui de 1845 que vous buvez n'en renferme que cinq; avec vos deux litres vous consommerez le double de la substance qui nuit dans le vin quand elle est prise en excès; sans quoi votre santé sera exposée d'une manière sérieuse. »

Il eut l'air de me comprendre et de m'approuver, mais lorsque le lendemain je renouvelai l'avertissement à son gendre en lui disant que je craignais pour la vie du fermier s'il restait sourd à mes avertissements, le gendre, qui peut-être était un peu de son avis, me donna le dernier mot du fermier : le voici : « Il ne me fera jamais croire qu'un litre de vin en vaut deux. » Je partis, peiné de cette obstination ; six mois ne s'étaient pas écoulés que le pronostic que j'avais porté était accompli, mon fermier était mort.

5° *Classification des vins.* — Ce n'est pas une chose aisée que de ranger dans une classification irréprochable le nombre infini des vins produits dans les diverses contrées où la vigne est cultivée. Depuis longtemps je me suis occupé de ce problème. On a publié dans plusieurs ouvrages classiques, mais d'une façon inexacte, ma classification des vins ; voici celle que j'ai adoptée dans mon cours comme se prêtant le mieux aux études hygiéniques.

CLASSIFICATION DES VINS ROUGES ET BLANCS

1° *Vins dans lesquels domine un des principes essentiels du vin.*

A. *Alcooliques.*	Vins secs.	Madère, Marsala.
	Vins sucrés. . . .	Malaga, Banyuls, Lunel.
	De paille.	Arbois, Hermitage.
B. *Astringents.*	Avec bouquet. . .	Hermitage.
	Sans bouquet. . .	Cahors.
C. *Acides.*	Avec bouquet. . .	Vin du Rhin.
	Sans bouquet. . .	Vin de Gouais, d'Argenteuil.
D. *Mousseux.*		Champagne.

2° *Vins mixtes ou complets.*

A. Avec bouquet.	Bourgogne. . .	Clos-Vougeot, Mont-Rachet.
	Médoc.	Château-Larose, Sauterne.
	Midi.	Langlade, Saint-Georges.
B. Sans bouquet.	Bourgogne et Bordeaux ordinaires.	

Je n'admets pas plus la division en vins rouges et vins blancs, que je ne crois naturelle la séparation des cépages à raisins rouges et à raisins blancs.

Je considère comme importante la division première que j'établis, qui constate ou l'harmonie des principes immédiats que l'on trouve dans le vin, ou la prédominance de l'un de ces principes.

La première division des vins alcooliques comprend les vins dont le madère et le marsala sont le type. Ces vins, tels qu'ils nous sont livrés par le commerce, sont presque toujours suralcoolisés; ils contiennent en effet jusqu'à 25 pour 100 d'alcool, et la fermentation n'en développe que 15. Ils sont alcooliques et parfumés; ils remplacent utilement l'eau-de-vie; administrés en petite quantité, ils peuvent être utiles aux convalescents et aux vieillards.

Les vins alcooliques et sucrés sont aussi recommandables aux mêmes titres; ils sont également caractérisés par une saveur spéciale : quelques-uns, comme le lunel et le banyuls, sont les produits directs de la fermentation du suc des raisins; les autres, comme le malaga et l'alicante, proviennent de sucs réduits à l'aide de la chaleur, et sont souvent, en outre, alcoolisés. Je suis convaincu qu'en ajoutant du sucre pur aux jus de nos grands cépages français, les pineaux blancs, les sauvignons, les riesling ou les poulsarts, on obtiendrait des vins liquoreux supérieurs à ceux que l'étranger nous envoie. Nous employons un procédé d'une exécution plus difficile, celui d'évaporer l'eau des raisins en les conservant sur la paille. On obtient ainsi des vins d'une délicatesse incomparable. Rien comme vin de dessert ne doit être placé au-dessus des vins de paille de l'Hermitage, des vins de paille d'Arbois, bien réussis, ou de ceux que M. le comte Odart a préparés, par des procédés analogues, avec nos pineaux gris.

Je suis convaincu qu'en suivant cette voie, on pourrait produire en France, économiquement, des vins délicieux, qui vaudraient mieux pour les convalescents et les malades épuisés que les meilleurs cordiaux.

Les vins de l'Hermitage rouges devraient peut-être être classés parmi les vins mixtes ou complets; mais, bus dans leur primeur, ils ont une vigueur qui, tout d'abord, peut ne pas charmer. Comme ils s'associent heureusement aux meilleurs crus de la Gironde, ils leur donnent à la fois une grande finesse, une puissance de conservation, un arome admirable. Ils sont si bien appréciés par les habiles sommeliers de Bordeaux qu'ils ont, pour ainsi dire, disparu du commerce.

Les vins du Rhin sont très dignes de notre attention : un cépage comme le riesling, qui donne un vin si distingué dans une région où nos fins cépages de Bourgogne ne pourraient souvent atteindre une complète maturité, devrait, étant transporté sur nos coteaux, nous donner des produits remarquables. Parmi les acclimatations à tenter dans nos contrées de la basse Bourgogne, où si souvent la vigne gèle, où le raisin mûrit mal, celle du cépage qui fournit le vin du Rhin m'a paru la mieux indiquée.

Un mot sur les vins *mousseux*. Dans ma pensée, ce n'est qu'en Champagne que l'on peut obtenir le grand vin mousseux, mais à la condition que les producteurs resteront dans les bonnes traditions de ne préparer leurs vins qu'avec des pineaux noirs et blancs, et de ne pas dénaturer leurs grands produits avec cette abondance de sucre candi, qui ne devrait pas intervenir dans les vins à grand renom ; malheureusement le pineau blanc ne mûrit bien qu'une année sur trois à peine ; mais aussi quand il est mûr à point, quelle admirable liqueur quand la mousse est dissipée ! Dans le vin que le commerce nous livre, après la mousse on ne trouve qu'une limonade alcoolique sans distinction. Peut-il en être autrement lorsqu'on n'emploie comme bases que des vins acides et sans bouquet, qu'on ne rend supportables qu'en les transformant avec du sucre candi et quelquefois même avec de l'eau-de-vie ? Chez nous, en Bourgogne, où les pineaux sont cultivés comme en Champagne, la préparation des vins mousseux est plus difficile, car la maturité de nos raisins y est plus rapide : il est rare que quelques grains ne se dessèchent pas sur nos pineaux noirs, ils tachent le vin blanc ; en Champagne, la maturité est plus lente et plus égale.

Les vins mixtes sont ceux qui conviennent le mieux et de beaucoup pour l'usage ordinaire de la vie. Ils sont plus difficiles à préparer et à gouverner que les vins où domine un des principes conservateurs. Pour les obtenir parfaits, le climat de France offre tant d'avantages, que l'exportation du vin formera toujours une de nos grandes ressources naturelles.

6° *Conservation des vins.* — La conservation et le perfectionnement des vins mixtes exigent une foule de connaissances, qu'une fine observation, une pratique traditionnelle, séculaire, ont appris aux sommeliers qui gouvernent les vins de nos grands vignobles.

On admet généralement dans nos vignobles que le vin travaille aux différentes époques de la végétation de la vigne ; ce fait repose sur une observation attentive des phénomènes. Une vie, aussi variée qu'intéressante à étudier, anime le vin ; ce n'est pas là une métaphore, mais l'expression rigoureuse des faits. Cette vitalité peut être latente pendant plusieurs mois et se manifester énergiquement à certaines époques, soit sous l'influence de l'élévation de température, soit sous d'autres que nous ne pouvons préciser ici.

La première manifestation de cette vie est la fermentation alcoolique, qui consiste essentiellement dans le dédoublement des sucres (glycose, sucre d'inuline) en alcool, acide carbonique, acide succinique, glycérine, sous l'influence de globules *organisés et vivants* (voy. *Supplément à l'Annuaire de thérapeutique*, 1846) qu'on nomme ferment alcoolique.

La deuxième est la fermentation butyro-acétique, qui consiste en un dédoublement de l'acide tartrique, également sous l'influence d'un ferment spécial organisé et vivant.

La troisième c'est la fermentation acétique, qui, comme M. Pasteur vient de le démontrer, s'établit aussi sous l'influence d'un ferment particulier, également organisé et vivant. Les sucres qui restent dans le vin peuvent aussi se transformer en acide lactique sous l'influence d'un ferment spécial.

A chaque décomposition nouvelle, l'équilibre se trouve rompu dans un liquide aussi complexe ; des matières en dissolution se précipitent, d'autres précipitées se redissolvent.

C'est par cette série non interrompue de phénomènes, beaucoup plus compliqués que je ne l'indique ici, qui à certaines époques sont latents, à d'autres, tumultueux, que les vins atteignent leur perfectionnement ou s'altèrent en éprouvant des modifications, que les sommeliers désignent sous le nom de maladies des vins.

J'espère revenir bientôt en détail sur quelques-uns de ces phénomènes ; je dois me borner ici à indiquer les principaux et à poser les règles générales de la direction que l'on doit donner aux vins.

Le *bouquet* n'apparaît dans la plupart de nos vins qu'avec le temps ; il faut, pour qu'il se manifeste, que les vins soient conservés pendant deux, trois ans et plus dans des fûts, puis mis en bouteille, et ce n'est que quelques mois et quelquefois plus d'une année après qu'il s'est formé un dépôt dans les bouteilles que le bouquet se manifeste : il est très probable que, dans ce qu'il a de plus essentiel, il est le résultat d'une transformation de l'ordre de celles que je viens d'indiquer. Des acides de la série butyrique se développent pendant la décomposition de l'acide tartrique, sous l'influence d'un ou plusieurs ferments. Toujours la formation du bouquet coïncide avec la production dans les bouteilles d'un dépôt dans lequel, à l'aide du microscope, on reconnaît des globules organisés, différents selon les vins.

Une température élevée avance l'époque de la production du bouquet, mais elle favorise le développement de ces ferments divers, qui peuvent transformer les sucres, l'alcool ou la crème de tartre d'une façon si préjudiciable.

La première condition d'une direction normale des vins mixtes, c'est la possession de caves assez profondes pour que la température y soit à peu près uniforme.

Les soutirages répétés à propos, surtout après un abaissement de la température qui favorise le dépôt des matières organiques en suspension, viennent aussi au premier rang des soins bien entendus du vin.

C'est surtout pendant la première année que ces soutirages, convenablement renouvelés, sont indispensables, en les accompagnant du méchage des tonneaux (dégagement d'acide sulfureux par la combustion du soufre).

Aussitôt que la fermentation alcoolique est terminée ou considérablement ralentie, il est indispensable de remplir chaque mois exactement les fûts et de boucher hermétiquement les tonneaux, afin d'éviter l'accès de l'air qui donne l'oxygène, élément indispensable de l'acétification.

Quand les vins sont peu alcooliques, de faible complexion, il faut, comme le recommande M. de Vergnette-Lamothe, les faire geler ; on en sépare ainsi un cinquième d'eau, et on précipite les matières organiques qui donnent naissance aux ferments. On assure ainsi la stabilité des vins les plus altérables. (Voyez *Répertoire de pharmacie*, t. V, p. 357.) Cette opération arrête tout perfectionnement ultérieur des vins en leur donnant de la stabilité.

7º *Maladies des vins.* — Parmi les maladies des vins, je citerai la *graisse* qui atteint particulièrement les vins blancs; ils deviennent alors filants comme du blanc d'œuf; il s'y développe une matière organique qui emprisonne le liquide dans ses mailles : c'est aux dépens du sucre qui est resté dans le vin que se produit cette fermentation nouvelle qui donne naissance à de la mannite; le ferment organisé et vivant qui donne lieu à cette transformation se développe sous l'influence d'une substance organique précipitable par le tannin. En partant de ce fait, on a cherché à prévenir et à guérir cette maladie, en y ajoutant une dissolution de tannin, ou des copeaux de chêne qui en contiennent. J'ai souvent observé des vins tournés au gras, et j'ai remarqué qu'en les conservant pendant plusieurs mois dans une cave très fraîche, il se formait un dépôt et les vins se rétablissaient spontanément.

Les vins rouges des meilleurs crus de Bourgogne et de Champagne peuvent, à la longue, prendre une amertume si prononcée qu'ils deviennent désagréables. Cette maladie est pour ainsi dire incurable. Mêler le vin amer avec un vin plus nouveau, voilà ce qui réussit le mieux quoique imparfaitement.

Les vins piqués ou *bottés* subissent une fermentation spéciale qui prend surtout naissance pendant les étés chauds, quand les caves ne sont pas fraîches et que les vins sont peu riches en alcool; l'acide tartrique libre et combiné à la potasse se décompose en produisant de l'acide carbonique et des acides de la série butyrique; ces vins sont troubles, et leur saveur est d'autant plus désagréable que la décomposition est plus complète; quand elle est arrivée à une période avancée, il ne reste qu'à distiller ces vins pour en retirer l'alcool.

Quand la fermentation qui donne lieu aux acides de la série butyrique commence, il faut soutirer ces vins à propos, mécher les tonneaux, les faire geler, en les mêlant au préalable avec des vins acides pour rétablir l'harmonie des principes, si cela est nécessaire. Quand ce sont des vins du Midi, renfermant encore du sucre, qui tournent ou se bottent, en même temps qu'il se produit aux dépens de l'acide tartrique des acides de la série butyrique, les sucres se transforment en acide lactique.

L'*acescence* est une maladie très commune; quand elle est avancée, il faut envoyer au vinaigrier les vins ainsi altérés; quand elle ne fait que commencer, il faut soutirer ces vins, mécher les tonneaux, les boucher hermétiquement, les placer dans une cave fraîche, et, si cela est nécessaire, les mêler avec des vins nouveaux exempts d'acide acétique.

8° *Falsifications des vins.* — Les falsifications du vin sont beaucoup moins nombreuses ou beaucoup plus simples qu'on ne le croit généralement : on ne fabrique que très exceptionnellement ces vins de toute pièce que nous signalait il y a quelques jours un journal de médecine dans la boutade que voici :

Au quartier des Lombards opérant sa mixture,
Bacchus est devenu le dieu de la teinture;
Son liquide a cessé d'être le jus divin,
Et, s'il rougit encore, c'est d'être appelé vin.

Le plus souvent on se borne à mêler des vins faibles avec des vins du Midi, auxquels on a ajouté de l'alcool, et le marchand peu consciencieux ne se prive pas d'y mettre de l'eau qui ne paye pas de droit. On peut arriver, sinon directement, au moins par une voie détournée, à découvrir cette fraude ; voici les moyens que j'ai mis en usage pour atteindre ce but.

Il faut avant tout connaître le cru et l'année du vin que l'on examine. Chaque marchand est tenu de fournir ces renseignements commerciaux qu'il ne doit pas ignorer. On sait que les vins donnent une quantité d'extrait qui est à très peu de chose près la même pour les vins bien faits du même cru et de la même année. Supposons, par exemple, qu'il s'agisse d'un vin vieux de Bourgogne; il doit donner 22 grammes environ de matières fixes par évaporation d'un litre de vin; si l'on n'en obtient que 12 grammes, on peut être à peu près assuré qu'il a été étendu de son poids d'eau; car les eaux potables, au lieu de 22 grammes, ne contiennent que 2 grammes au plus de matières fixes par litre.

J'ai encore mis en usage un autre moyen indirect pour découvrir le mélange d'eau dans des vins vendus à Paris.

Voici à quel propos. Je fus un jour consulté par un commerçant auquel le service de la dégustation avait saisi une grande quantité de vin comme étant fortement mouillé. Il pensait être sûr de défier les analystes parce qu'il savait que le vin contenait de l'eau. Voici, lui dis-je, trois échantillons de vins décolorés avec du chlore. Le premier, je l'ai récolté : il ne renferme que l'eau naturelle ; le second est mouillé, je le sais, car il provient

4**

d'une administration qui accuse un cinquième d'eau dans ses coupages; le troisième est le vôtre. Je verse un liquide dans les trois; avec mon vin, le précipité est à peine sensible; avec le vin de l'administration, il est très abondant. Voici le tour du vôtre; versons. Le précipité fut si abondant que le liquide parut opaque. A cet aspect mon homme rougit et me fit des aveux complets.

Voici l'explication de cette expérience. Dans le vin vieux, la chaux est presque entièrement précipitée à l'état de tartrate de chaux. Les marchands de vin qui ajoutent de l'eau dans leur vin la prennent le plus souvent dans leur puits; elle est alors très chargée de sels calcaires; en y versant une dissolution d'oxalate d'ammoniaque, on obtient un abondant précipité d'oxalate de chaux que ne donnent pas les vins vieux naturels.

Ceci m'amène à vous dire un mot des vins *plâtrés*. C'est un usage renouvelé des Grecs, comme je l'ai établi ailleurs, et qui consiste à ajouter du plâtre ou sulfate de chaux à la vendange. Cette addition a pour résultat de substituer dans le vin du bisulfate de potasse au bitartrate naturel de la même base, et à parer en partie aux inconvénients des mauvais procédés de conservation des vins dans les celliers trop chauds. Certes, je suis loin de prétendre que l'usage de ces vins ainsi manipulés, qui contiennent du bisulfate de potasse en proportion notable, puisse déterminer des maladies; mais il est désirable qu'on les vende pour ce qu'ils sont, pour des vins plâtrés, et non pour des vins naturels. Grâce à la perfection de nos cépages, de nos cultures et à notre science œnologique, nous n'avons pas besoin en France de ces procédés primitifs que je repousse à tous égards. Notre sol nous donne les vins d'usage ordinaire les plus sains et les plus agréables. Que peut-on placer au-dessus du clos-vougeot, du mont-rachet, du château-laffitte et du sauterne? Quel vin incomparable que le champagne des grandes années quand il n'est point gâté par le sucre! Comme vins de liqueur, peut-on trouver quelque chose qui approche de nos vins de paille du Jura et de l'Hermitage?

Oui, sous le triple rapport de la fécondité artistique, de ses inventions, de son dévouement aux idées généreuses et de la perfection de ses vins, la France n'est égalée par aucune autre nation.

DEUXIÈME CONFÉRENCE

Dans la précédente conférence, j'ai traité des alcooliques en général et de leur action immédiate ; j'ai commencé l'étude des différentes boissons alcooliques par celle du vin, je vais la continuer par celles du cidre, de la bière et des principales liqueurs fortes.

J'aborderai ensuite, si vous voulez bien me continuer votre bienveillante attention, le détail de maux innombrables causés par l'habitude de l'ivrognerie.

CIDRE.

Après le vin, le cidre est une des plus salubres et des plus agréables boissons fermentées ; il est connu de toute antiquité en Normandie et en particulier dans le pays d'Auge. Des témoignages qu'on ne saurait récuser établissent qu'à l'époque de l'occupation romaine les Gaulois connaissaient le cidre. En 587, nous savons que le poiré était la boisson habituelle de sainte Radegonde, reine de France. Au huitième siècle, l'usage du cidre était assez répandu pour que nous trouvions dans les Capitulaires *De villis* une indication qui s'y rapporte. Charlemagne, s'occupant de l'administration de ses domaines, recommande de choisir pour régisseurs des hommes experts sur la fabrication du cidre.

Reconnaissons cependant que ce n'est qu'au dix-huitième et même au dix-neuvième siècle que l'usage du cidre devint général en Normandie ; avant cette époque, la bière ou cervoise était la boisson populaire dans les contrées qui consomment aujourd'hui presque exclusivement du cidre.

La région dans laquelle le cidre forme la boisson dominante du peuple, comprend assez exactement les départements formés par les anciennes provinces de la Bretagne et de la Normandie, en y joignant les contrées contiguës.

La nature des pommes a une grande et principale influence sur la qualité de cette boisson alimentaire. On distingue trois variétés principales de pommes à cidre : les *douces*, les *amères*, et les *aigres*.

Les pommes à cidre douces donnent peu de suc; sa densité n'est que de 1,035 en moyenne, la proportion d'alcool très faible, 3 à 4 pour 100 environ. Ce cidre est d'une assez bonne consommation dans sa primeur, tant qu'il renferme encore du sucre et que la fermentation alcoolique subsiste, mais passé ce temps il s'altère. Aussi ne doit-on pas choisir les pommes douces pour faire du cidre de garde.

Les *pommes à cidre, amères et acerbes*, fournissent un suc dont la densité varie de 1,050 à 1,090 ; elles fournissent un cidre qui renferme de 6 à 9 pour 100 d'alcool ; c'est le plus généreux. Aussi doit-on choisir cette variété de pommes lorsque l'on veut préparer un cidre de garde.

Les *pommes à cidre des variétés aigres* donnent un suc dont la densité est d'environ 1,050. Le cidre qu'il fournit contient de 4 à 5 pour 100 d'alcool, il s'altère avec le temps, en présentant surtout cette propriété fâcheuse de noircir à l'air.

Composition du cidre. — Je crois utile de vous faire connaître la composition moyenne des pommes et poires à cidre; la voilà résumée dans un tableau d'après les analyses de M. Girardin.

Composition des poires et pommes à cidre à leur maturité.

	Pour 100 pommes.	Pour 100 poires.
Sucre	11,00	11,52
Amidon-gommé	2,11	2,07
Cellulose, matières incrustantes. .	3,00	2,19
Albumine végétale	0,50	0,21
Chlorophylle	0,03	0,04
Acide malique . . . . . } Pectique, tannique. . . . . }	0,50	0,08
Chaux, oxyde de fer	0,03	0,03
Potasse, soude . . . . . } Eau. . . . . }	82,83	83,86

Parmi les principes immédiats qui existent dans les pommes et les poires à cidre, nous remarquons d'abord le sucre dont la proportion augmente avec la maturation, et qui varie de 5 à 12 pour 100. C'est un mélange de glycose à faible rotation et de sucre d'inuline. Ces deux sucres résultent de la transformation du sucre de cannes qui peut aussi s'y rencontrer.

La proportion de fécule qui se trouve dans les pommes à cidre est d'environ 2 à 3 pour 100 avant leur maturité, comme je l'ai constaté. Cette quantité décroît avec les progrès de la maturation, mais je me garderai bien d'en conclure que cette fécule se transforme en sucres, quoique ces derniers augmentent à mesure que celle-ci diminue.

Je crois plutôt qu'elle se transforme en tissus ligneux, comme cela résulte de l'observation microscopique et de déductions philosophiques.

Il n'est pas facile d'arriver à la certitude sur la marche de ces phénomènes complexes dans laquelle la vie intervient; cependant si la fécule se transforme en sucre, en appliquant à cette transformation nos connaissances acquises, nous dirons : De la fécule il doit résulter de la glycose sans mélange de sucre d'inuline. L'examen optique des sucs de pommes nous a montré jusqu'ici que les choses ne se passaient pas ainsi.

Il est extrêmement probable d'après cela que dans la maturation des pommes, la fécule ou la dextrine ne se transforme pas en sucre quoiqu'on ait avancé le contraire, mais sans en avoir des preuves directes.

Après le sucre et la fécule, le principe immédiat des pommes qui doit fixer notre attention, est l'acide malique, qui leur donne exclusivement leur acidité. Reconnaissons cependant que l'acide de la pomme réclame encore un examen comparatif avec l'acide du sorbier pour admettre qu'il ne résulte point du mélange d'un ou de plusieurs principes immédiats voisins; les progrès de la cristallographie et des études optiques faciliteront cette recherche.

Les pommes renferment une proportion notable du principe gélatineux qui donne sa consistance à la gelée de pommes. On a désigné ce principe sous le nom de pectine, il se transforme en acide pectique.

Les pommes et les poires à cidre contiennent une proportion notable de tannin qui colore en noir les sels ferriques; malgré ce caractère important, l'identité de ce tannin avec celui de la noix de galle est encore à vérifier.

Fabrication du cidre. — La fabrication du cidre est très simple, il suffit de broyer les pommes, d'en exprimer le suc

1***

à l'aide de fortes presses, et d'abandonner ce suc à une température de 10 à 15 degrés. Il se produit du ferment identique avec celui de bière ou de raisin ; les sucres sont décomposés en acide carbonique, succinique, alcool et glycérine.

On ajoute de l'eau au marc de pommes et on obtient un suc très étendu qui subit encore la fermentation. Ce cidre étendu renferme peu d'alcool, mais il est agréable au goût par suite de la présence de l'acide carbonique qu'il dégage dans les premiers temps de sa fabrication. Il est consommé dans les ménages sous le nom de *petit cidre*. Cette boisson du peuple se prépare encore plus simplement en remplissant d'eau un tonneau contenant des proportions variables de pommes, poires ou prunelles, etc., écrasées.

Je vais maintenant insister sur les propriétés organoleptiques et alimentaires du cidre.

C'est une bonne boisson qui plaît surtout par l'habitude. Sous le rapport hygiénique, je trouve convenable l'association de 3 à 8 pour 100 d'alcool avec l'acide malique de la pomme et l'acide carbonique produit par la fermentation. Les propriétés de l'alcool sont ainsi tempérées ; quoi qu'il en soit, les bons cidres pris en excès enivrent comme le vin, et sont à ce titre aussi dangereux que lui.

Si le cidre rafraîchit mieux encore que la bière, il est moins nourrissant qu'elle ; il renferme en effet moins de matériaux fixes que l'économie puisse utiliser.

Le cidre étendu d'eau est d'un très bon usage pendant les chaleurs de l'été pour calmer la soif des faucheurs et des moissonneurs, et modérer la trop vive influence d'une chaleur excessive.

Dangers du cidre. — L'abus du cidre par l'excès d'acide malique et carbonique m'a paru déterminer des gastralgies. C'est une boisson qui plaît infiniment aux glycosuriques, mais souvent l'abus et même l'usage de cette boisson sont préjudiciables à ces malades.

Si le cidre détermine des accidents, il faut, dans le plus grand nombre des cas, les attribuer à sa mauvaise conservation. Dans la plupart des localités où le cidre constitue la boisson alimentaire usuelle, on a la mauvaise coutume de le conserver dans de grands tonneaux d'où on le tire au fur et à mesure du besoin. Ceci a peu d'inconvénients dans les mois qui suivent la fabrication, car l'acide carbonique qui continue à se dégager et le froid de l'hiver s'opposent à l'altération ; mais, quand surviennent les chaleurs et que la fermentation est terminée, le cidre s'altère et souvent sa constitution change profondément. Non-seulement les qualités qui flattent notre goût disparaissent, mais il peut même devenir dangereux.

Je vais indiquer sommairement ces principales altérations et leurs dangers ; je crois être en cela utile, non-seulement aux consommateurs de cidre, mais aussi aux pauvres habitants des campagnes qui préparent des boissons avec des pommes, poires sauvages, prunelles, sorbes, raisins secs, et qui les tirent au tonneau sans nulles précautions. Deux faits surtout doivent fixer l'attention : 1° le développement des moisissures ; 2° la transformation de l'acide malique.

Les moisissures ou mucédinées appartiennent, pour le plus grand nombre, à la famille des champignons, qui comprend, comme chacun sait, parmi les genres à grandes dimensions, des espèces comestibles, comme la truffe, l'agaric comestible, et des espèces toxiques, comme l'agaric pernicieux.

Il en est de même parmi les champignons microscopiques : il est des espèces inoffensives, il en est d'autres très nuisibles.

On ne saurait affirmer si ce sont les espèces inoffensives qui se développent à la surface des tonneaux de cidre en vidange : il se peut qu'il en soit ainsi dans le plus grand nombre de cas ; mais on comprend sans peine que dans certaines conditions d'altérations spéciales, ou sous l'influence d'autres circonstances, il puisse se développer dans des cidres en vidange, des mucédinées qui agissent d'une façon défavorable sur la santé. Il est évident que ces conditions d'altération spéciale peuvent tenir à un état particulier de la maturation des fruits, à une continuité de température et s'étendre alors à toute une région. On peut trouver ainsi la cause première d'endémies ou d'épidémies qui ravagent périodiquement certaines contrées.

Ce que je viens de dire des mucédinées, je pourrais l'appliquer aux transformations que subit l'acide malique. On a démontré que dans les marcs de pommes à cidre et dans le cidre même, l'acide malique pouvait diminuer ou disparaître et être remplacé par de l'acide butyrique. Sans prétendre que ce dernier acide puisse être nuisible, j'admets très volontiers qu'on doit se défier des liquides dans lesquels il s'est développé, soit qu'il agisse directement, soit que des mucédinées nuisibles accompagnent et déterminent cette transformation, soit que cette action funeste soit due à d'autres circonstances qui existent coïncidemment et qui nous échappent.

Quoi qu'il en soit, dans l'étude des causes de l'évolution première d'une maladie très meurtrière, la *suette miliaire*, j'en suis venu dans mon cours d'hygiène à incriminer les boissons alimentaires altérées par une mauvaise conservation. Je ne puis développer ici les preuves sur lesquelles je m'appuie ; il me suffit d'indiquer mon opinion, d'autant plus que l'on a tout à gagner à suivre les indications qui en découlent, les boissons alimentaires seront beaucoup plus agréables et les précautions à prendre pour éviter leurs altérations sont aussi simples qu'économiques. Il suffit, en effet de les clarifier et de les mettre en bouteille ; on les clarifie en les collant avec une dissolution faible de gélatine ou d'albumine suivant la nature de la boisson, et on les expose, au moment de les mettre en bouteille, à une température aussi basse que possible, afin de faire précipiter les matières qui se convertissent en ferment. Je n'ai pas besoin d'ajouter qu'il est nécessaire que la fermentation alcoolique ait été au préalable bien conduite et qu'elle soit achevée ; sans ces conditions, le cidre ne peut être obtenu limpide, il se trouble, fermente en bouteilles, et l'acide carbonique développé chasse les bouchons.

Falsifications du cidre. — Je ne m'occuperai que de deux falsifications du cidre, l'addition d'eau et l'adultération par un sel de plomb.

L'addition d'eau est une falsification qui coule de source ; nous avons dit en effet que, pour préparer les petits cidres, on ajoutait quelquefois de l'eau au marc de fruits. Mêler le petit cidre au cidre pur, est une opération trop simple pour qu'elle ne s'effectue pas quelquefois ; elle est condamnable à plusieurs points de vue : on diminue les chances de conservation du cidre ; et un préjugé a imposé la coutume d'avoir recours pour ce mélange à des eaux souvent très impures qui peuvent nuire par elles-mêmes. On reconnaît cette fraude au faible titre alcoolique du produit et à la diminution de la quantité de matières extractives sèches.

Voici dans quelles occasions s'est effectuée quelquefois la coupable falsification à l'aide d'un composé de plomb. Certaines années froides et humides, les pommes n'atteignent pas une bonne maturité. Le cidre alors, quoi qu'on fasse, ne se clarifie pas. On a imaginé d'ajouter alors au cidre, pour le clarifier, de l'acétate de plomb et du carbonate de soude. Le cidre alors se clarifie, mais il retient assez de plomb pour empoisonner ceux qui en font usage. Il y a dix ans environ que cet empoisonnement fut pratiqué à Paris sur une assez large échelle pour qu'un assez grand nombre de ces malades allât réclamer des secours dans les hôpitaux. Il est également prouvé que cette fatale recette avait été employée à différentes époques en Normandie, comme cela ressort des actes du parlement de Rouen. Il me paraît très vraisemblable que la maladie désignée sous le nom de *colique de Poitou* n'a pas d'autre origine.

Il suffit, pour reconnaître cette falsification coupable, qui, j'espère bien, ne se renouvellera plus, de verser dans le cidre suspect une dissolution d'iodure de potassium : on obtient un précipité jaune d'iodure de plomb; avec l'eau chargée de gaz sulfhydrique, on obtient un précipité noir de sulfure de plomb.

BIÈRE.

La bonne bière est une des plus salubres des boissons fermentées. Quoique sa saveur ne plaise pas tout d'abord, un usage non interrompu depuis les temps les plus reculés, et qui ne fait que s'accroître, témoigne de ses excellentes qualités.

Parmi les faits historiques qui nous démontrent l'antiquité de son usage, mentionnons les libations de bière pratiquées par les prêtres d'Osiris en Egypte. Aristote, dans ses écrits, s'étend sur l'ivresse déterminée par l'usage de la bière prise en excès. Théophraste mentionne la préparation du vin d'orge. Rappelons encore que les Gaulois et les Germains, avant l'invasion romaine, faisaient un usage journalier de la bière, qu'ils désignaient sous le nom de *cervoise*.

Les *matières premières* qui entrent dans la composition de la bière sont : 1° l'orge germée ou malt; 2° le houblon; 3° l'eau; 4° la levûre; 5° l'ichthyocolle.

Orge germée. Le maltage comprend plusieurs opérations distinctes : on commence par faire germer le grain à un degré convenable, en le plaçant, après l'avoir humecté, dans des espaces convenablement chauffés. Cette opération a pour but de développer un principe spécial, auquel on a donné le nom de diastase, qui possède la propriété remarquable de convertir l'amidon en dextrine et en glycose. On peut faire une expérience très simple qui donne une idée de cette remarquable propriété.

Si, dans de la gelée d'amidon, on mêle une très faible proportion de malt réduit en poudre, cette gelée ne tarde pas à se liquéfier et à prendre une saveur sucrée. Cette action de la diastase sur l'amidon commence déjà à s'effectuer dans le grain; on voit en effet, d'après un tableau que nous donnons ici, que la germination a pour résultat de diminuer dans l'orge la proportion d'amidon et d'augmenter celle de la dextrine et du sucre de fécule ou glycose.

Composition de l'orge et du malt.

	Orge.	Malt d'orge desséché à l'air.
Dextrine.	5,6	8,0
Amidon.	67,0	58,1
Sucre.	0,0	0,5
Matières cellulaires.	9,6	14,4
Substances albumineuses.	12,1	13,6
Matières grasses.	2,6	2,2
Cendres.	3,1	3,2

On peut préparer des boissons très analogues à la bière en remplaçant l'orge par d'autres grains. Ainsi, avec le blé germé on prépare le *faro*, le maïs germé est la base du *chicha* ou vin des Cordillères.

Le *houblon* est le fruit de l'*humulus lupulus*, plante grimpante de la famille des urticées. On remarque un amas de poussière jaune à la base de chaque bractée du cône de houblon. Chacun de ces granules constitue une glande, ainsi que M. Personne l'a démóntré par d'excellentes observations; c'est dans ces organes qu'on désignait sous le nom de *lupulin* que sont contenus les principes immédiats les plus importants du houblon.

Voici deux tableaux qui nous donnent la composition immédiate du houblon et du lupulin.

Composition du houblon.

Huile volatile.	0,15
Acide tannique.	2,3
Substance amère.	7,7
— gommeuse	7,1
Résines.	4,9
Cellules végétales	73,0
Extrait aqueux.	17 p. 100

Composition du lupulin (Personne).

Matière résineuse abondante.
Essence de la formule $C^{10}H^8$.
Corps analogue au valérol $C^{12}H^{10}O^2$ acide valérianique.
Matière azotée ayant quelques propriétés des alcaloïdes.
Sels ammoniacaux, phosphate de chaux.

Fabrication de la bière. — La fabrication de la bière comprend une série d'opérations dont je ne puis donner ici qu'une idée très sommaire.

La germination de l'orge, comme je l'ai dit déjà, a surtout pour but de développer la *diastase* aux dépens des matières azotées (voyez *Mémoire sur les fermentations*, dans le *Recueil des prix de la Société de pharmacie* pour 1832) et de commencer la transformation de l'amidon en dextrine et en glycose. Il est très important que cette opération soit bien dirigée pour que le but qu'on veut atteindre ne soit pas dépassé, et que cependant la modification importante soit opérée; il faut donc que la germination soit régulièrement conduite et arrêtée à point.

Lorsque les radicelles du grain d'orge se sont développés à une longueur suffisante, on dessèche le malt pour arrêter les progrès des transformations chimiques, et pour assurer sa conservation.

La dessiccation s'opère soit à la température ordinaire à l'aide d'un courant d'air, soit à la chaleur artificielle à des degrés divers de température qui peuvent aller jusqu'à un commencement de torréfaction.

On désigne sous le nom d'*empâtage* ou de détrempage une troisième opération qui a pour but de transformer en dextrine la masse de l'amidon non modifiée, et de transformer en glycose la dextrine formée.

Avant l'empâtage, le malt est écrasé par des procédés très divers ; afin que toutes les parties puissent être facilement pénétrées par l'eau, on emploie pour l'empâtage ou le malt d'orge seul ou le mélange du malt, d'autres espèces de grains, ou même avec des farines de ces grains (froment, riz, maïs).

La température à laquelle s'opère la réaction est celle de 40 à 75 degrés centigrades. Quand la réaction est opérée, on épuise le malt par l'eau ; il faut environ pour 100 kilogrammes de malt, 750 kilogrammes d'eau.

Le résidu connu sous le nom de *drêche* sert d'aliment aux bestiaux.

Le liquide connu sous le nom de *moût* est rafraîchi afin d'éviter la fermentation lactique.

Quand le moût est préparé, on le fait bouillir, et quelquefois on l'évapore pour le concentrer.

Une partie des matières albumineuses est coagulée ; par cette ébullition on les sépare.

On n'ajoute généralement le houblon que lorsque la plus grande partie des substances albumineuses est coagulée, puis on fait bouillir légèrement le tout. La quantité de houblon qu'on ajoute, varie de 1/4 à 4 pour 100 du malt employé primitivement ; plus on en emploie, plus la bière est amère et mieux elle se conserve.

Lorsque le houblon est convenablement épuisé, on arrête l'ébullition, on soutire le moût, on le filtre et on le refroidit rapidement.

Lorsque le moût est refroidi de 14 à 20 degrés pour préparer la bière par fermentation superficielle, et de 6 à 8 degrés pour préparer la bière à fermentation avec dépôt, on le fait fermenter.

Les deux sortes de fermentation sont déterminées par du ferment provenant d'une fermentation de même dénomination (1).

Le ferment, quelle que soit son espèce, exerce la même action sur le sucre contenu dans le moût ; il le transforme en acide carbonique qui se dégage et en alcool, glycérine, et acide succinique qui restent dans la liqueur.

(1) Voyez *Supplément à l'Annuaire de thérapeutique* de 1846, les figures et l'histoire des ferments alcooliques.

Le ferment par dépôt ou de la lie vit dans des liqueurs contenant plus d'alcool qu'il n'en faudrait pour détruire la vitalité du ferment superficiel ; aussi les bières les plus riches, comme celles de Bavière, sont-elles produites par la fermentation lente dans des caves fraîches à température constante ; j'en ai visité de magnifiques, qu'un brasseur allemand a fait construire à Ivry, à une très grande profondeur, afin d'obtenir cette température constante nécessaire à la régularité de cette fermentation.

Les bières par fermentation lente se conservent beaucoup mieux que les bières par fermentation superficielle.

La substance que l'on emploie pour opérer la clarification, est la colle de poisson ou ichthyocolle ; mais il ne faut pas qu'elle ait été transformée en colle par l'action de l'eau chaude. On ramollit l'ichthyocolle au moyen de l'eau froide et on renouvelle l'eau à plusieurs reprises, de manière que la colle se gonfle bien. Lorsqu'elle s'est bien gonflée et a été bien lavée, on la mélange avec un peu de bière pour la bien diviser ; on ajoute ensuite le tout dans le tonneau à la bière que l'on veut clarifier, en ayant soin d'opérer le mélange intime des matières. Au bout de quelques jours, on soutire la bière qui est devenue claire.

La colle de poisson agit surtout comme agent mécanique ; elle se trouve ici à l'état gélatineux, mais non à l'état soluble. A l'état de colle cette gélatine constitue alors un véritable filtre, une sorte d'éponge qui retient les matières troubles de la bière. Il arrive cependant que l'alcool contenu dans la bière fait contracter légèrement la colle de poisson, la rend moins gélatineuse, ce qui du reste peut se produire aussi par l'action de l'acide tannique qui se trouve également contenu dans la bière.

Cette circonstance présente l'inconvénient que tout l'acide tannique contenu dans la bière en est séparé, en sorte qu'il est impossible que la bière ainsi préparée se conserve longtemps.

Jusqu'ici, on n'a pu, pour clarifier la bière, remplacer la colle de poisson par aucune autre substance.

Les conditions qui sont favorables à la clarification de la bière, sont : la préparation d'un malt qui soit de bonne qualité et qui soit bien actif ; l'emploi d'un malt dont la totalité ait été touraillée ; la mouture du malt en particules qui ne soient pas trop ténues ; un bon empâtage dans lequel, par conséquent, tout l'amidon réparti dans la liqueur est transformé en dextrine et en sucre ; l'emploi du houblon de bonne qualité et en quantité assez forte ;

une bonne fermentation bien réglée. Si l'on néglige une ou plusieurs de ces conditions, on ne peut pas obtenir un bon produit, lors même que l'on emploierait pour la préparation de la bière une quantité considérable de grain.

Quel que soit le mode de clarification dont on se sert, on ne l'applique que lorsque la fermentation principale est terminée.

Composition. — Le malt et le houblon ayant une composition complexe, il est évident d'après cela, que les principes immédiats qui se trouvent dans la bière sont très nombreux; mais on se contente ordinairement de prendre la densité de la bière, de fixer la quantité d'alcool et de matières extractives obtenues par une évaporation ménagée à l'étuve; on détermine aussi quelquefois la proportion d'acide carbonique.

Voici un tableau offrant ces données pour quelques bières prises pour types.

Composition de bières pour 1,000 parties (Kaiser).

	Densité.	Alcool.	Extrait.	Acide carbonique.
Bière jeune d'hiver (Munich).	1,018	39	59	1,4
Bière de garde d'été de la brasserie de la cour à Munich.	1,011	44	39	1,6
Bière forte de Munich. . .	1,026	52	78	1,8
Bière de Prague (ferment par dépôt).	1,013	48	47	1,8
Porter de Londres. . . .	1,017	54	60	1,6
Lambick de Bruxelles. . .	1,004	55	34	2,0
Faro de Bruxelles. . . .	1,004	49	30	2,0
Bière de Strasbourg. . . .	»	45	48	»

La proportion d'azote dans l'extrait est presque égale à celle de l'orge (Payen).

La proportion d'alcool dans les bonnes bières varie de 4 à 6 pour 100; elle est beaucoup plus faible dans les petites bières; mais aussi, par contre, dans certaines bières de garde, elle peut s'élever à 8 pour 100 et plus.

La quantité de matières extractives dans les bonnes bières varie de 3 à 8 pour 100.

Voici, pour une bière de Strasbourg qui contenait 48 grammes d'extrait par litre, la proportion relative des principes les plus importants : dextrine, 36 ; glycérine avec glycose, 4 ; matières protéiques, 6 ; phosphate acide de chaux, de potasse et autres sels, 2.

La proportion d'acide carbonique est assez constante, elle est de 1 gr. 5 à 2 grammes par litre.

Le houblon donne à la bière son principe amer, son tannin, et ses matières volatiles complexes ; toutes substances qui concourent à assurer sa conservation.

Propriétés de la bière. — Le rôle physiologique et alimentaire de la bière est important à étudier, mais cette étude est difficile et complexe.

La bière agit sur le système nerveux : 1° par l'alcool qu'elle contient et en raison directe de la quantité : nous n'avons pas besoin d'insister sur ce fait ; 2° par son acide carbonique qui a aussi une propriété stupéfiante spéciale ; 3° par les principes actifs du houblon, dont on a voulu à tort comparer l'action à celle de l'opium, cette action se rapprocherait plutôt de celle du chanvre indien, mais elle s'en éloigne par des caractères importants. Ces principes stimulent le système nerveux, mais sans causer pourtant l'engourdissement opiacé ou le délire du hachisch.

Les propriétés utiles de la bière sont variées, elles peuvent se résumer ainsi : 1° par l'habitude de son emploi, la bière favorise la digestion ; 2° elle calme la soif, aussi bien que la boisson la plus favorable à ce but ; 3° elle convient surtout pour réparer les pertes de l'économie ; la complexité de sa composition, la relation heureuse qui existe entre ses principes immédiats et ceux qui sont nécessaires à l'organisme humain, donnent une raison satisfaisante de cette action réparatrice ; la bière engraisse ; sous ce rapport, elle marche beaucoup avant le meilleur vin qui ne donne en moyenne que 22 grammes de résidu sec par litre, tandis que la bonne bière laisse 40, 60 grammes de résidu solide de la meilleure composition.

L'usage modéré de la bière convient à tous les hommes si on en excepte quelques idiosyncrasies ; cette boisson est surtout appréciée dans certaines gastralgies et chez quelques personnes d'une grande susceptibilité nerveuse. Mais dans ces cas elle doit être souvent coupée d'eau.

Il est des personnes qui abusent de la bière d'une manière

étrange ; cet abus détermine une distension notable de l'estomac, d'où paresse de ce viscère et affaiblissement de ses fonctions.

Dangers de la bière. — L'abus de la bière peut être une des causes qui conduisent à l'obésité et à la diminution dans les forces vives de l'économie.

Parmi les causes prédisposantes de la glycosurie, je place l'abus de la bière. Je n'ai pas besoin de dire que, comme le vin, la bière riche en alcool peut produire l'ivresse, et il faut insister sur ce point, elle détermine une ivresse peut-être encore plus immonde.

Consommation. — La consommation de la bière en France est encore très bornée dans la plupart des départements où la culture de la vigne est dominante.

Les ouvriers agricoles ne la consomment, dans ces localités, que lorsqu'ils entrent au café, et, il faut le dire, ils l'apprécient peu. Je demandais un jour à un de mes anciens vignerons ce qu'il pensait de la bière : « Monsieur, me répondit-il, je n'en ai bu qu'une fois dans ma vie ; c'est une mauvaise denrée. » Ce n'est pas une opinion isolée dans nos contrées viticoles, la bière, même de bonne qualité, n'est trouvée agréable que par ceux qui ont l'habitude de son usage. Il n'en est pas de même dans nos départements du Nord et du Nord-Est. La bière forme la base de la boisson alimentaire et fait les délices de la table dans le Nord, le Pas-de-Calais, le Haut et le Bas-Rhin.

La consommation de la bière à Londres est d'environ 4 millions d'hectolitres pour deux millions d'habitants. En Belgique, on brasse 8 à 9 millions d'hectolitres de bière pour 4 millions d'habitants. C'est à peu près la même proportion.

Nous sommes bien loin, à Paris, de cette qualité relative ; on ne brasse que 400 à 500 mille hectolitres de bière pour un million et demi d'habitants, et il faut ajouter que la plus grande partie de cette consommation se fait dans les cafés.

Chez nous, le commerçant, l'ouvrier, boivent du vin en famille, rarement de la bière. Je dois ajouter cependant que chaque année la consommation s'en accroît ; ce qui tient à plusieurs causes, l'affluence des étrangers, les grands travaux qui ont appelé à Paris des ouvriers belges, allemands, et surtout aux soins plus grands que les brasseurs apportent depuis une dizaine d'années à la préparation de cette boisson alimentaire, qui était devenue détestable par suite de l'introduction exagérée de mauvais sucre de pommes de terre.

Falsifications. — En traitant des falsifications de la bière, la première sur laquelle je dois insister est le remplacement de l'orge germée par de la glycose ou sucre de fécule.

Cette substitution est fâcheuse à un double titre : le premier, c'est qu'on ne trouve plus dans une bière ainsi préparée les matières protéiques qui sont un des constituants nutritifs de la bonne bière; le second, c'est que cette glycose de fécule n'est point pure; elle renferme souvent, outre les matières odorantes qui se produisent pendant la saccharification, de la fécule, des sels de chaux en très forte proportion.

Qu'on prépare une boisson alimentaire avec la glycose, rien de mieux, mais qu'on lui donne un nom qui serve à la distinguer, et qu'on ne la vende pas sous celui de *bière*, qui doit être réservé au produit à base de malt et de houblon.

Si on a cherché à remplacer la matière sucrée du malt par de la glycose ou d'autres sucres, des tentatives beaucoup plus nombreuses ont été entreprises dans le but de substituer une matière amère et aromatique au houblon.

On s'est tour à tour adressé à une foule de drogues, telles que la gentiane, le ménianthe, les feuilles de buis, les lichens et leur principe amer (cétrarin), l'acide picrique ou amer de Welter. Toutes ces substitutions sont condamnables, car aucune de ces substances ne peut remplacer les principes immédiats si complexes du houblon, qui agissent comme conservateurs de la bière, et dont l'influence hygiénique est double, tonique par les principes amers, et excitante du système nerveux par les matières volatiles. Il est des fraudes bien autrement coupables, celles qui consistent à remplacer le houblon par de redoutables poisons.

Il y a vingt-cinq ans, on exportait pour l'Angleterre des quantités si considérables de strychnine, qu'on disait être expédiée pour empoisonner les lions ou les tigres qui désolaient l'Inde anglaise; mais une autre opinion s'est accréditée : on a prétendu que des brasseurs, emportés par une détestable passion du lucre, remplaçaient dans leur bière le houblon par de la strychnine. J'avoue que pour mon compte je crois peu à une telle audace; cependant je dois dire que la réalité de cette falsification m'a été affirmée par un homme compétent, qui m'a assuré non-seulement avoir constaté les effets physiologiques du poison après l'ingestion d'une pareille bière, mais encore avoir isolé le redoutable alcaloïde.

Au premier abord, on a lieu d'être étonné qu'on ait eu la pensée d'introduire dans une boisson alimentaire une substance qui, à la faible dose de 5 *centigrammes*, peut tuer un homme en quelques minutes. Mais il faut dire que l'*amertume* de la strychnine a une telle puissance qu'un demi-milligramme suffit pour donner de la saveur à un litre d'eau ; or, à cette dose, la strychnine n'est pas vénéneuse, elle agit comme stimulant de l'appareil digestif. Malgré cette innocuité de la dose qui intervient dans la bière, ce n'en est pas moins une coupable falsification pour deux motifs : le premier, c'est qu'on n'est point assuré que ces doses si minimes répétées chaque jour ne puissent nuire ; le second, c'est qu'il est toujours extrêmement dangereux de confier à un ouvrier un poison pour le faire intervenir dans une préparation alimentaire. On ne saurait donc envisager de sang-froid les malheurs qui pourraient résulter d'une semblable tolérance.

Un autre poison que les brasseurs anglais emploient pour remplacer le houblon est le fruit du *Menispermum cocculus* désigné sous le nom de *coque du Levant*, qui jusque-là n'avait que l'emploi déjà coupable d'empoisonner le poisson. Voici les raisons qui ont fait rechercher cette substance par les brasseurs.

La coque du Levant produit :

1º Une ivresse analogue à celle de l'alcool ;

2º Elle empêche comme le houblon la seconde fermentation, et rend la bière susceptible d'exportation.

Malgré de sévères prescriptions, « cette dangereuse falsification s'est tellement répandue en Angleterre, dit M. Koop, que les auteurs des traités spéciaux ont donné des indications à ce sujet, en conseillant de ne pas ajouter plus de 4,500 grammes de coque du Levant pour 50 boisseaux de malt. »

Mais le brasseur malhonnête en ajoute des quantités bien plus considérables, en y joignant du chiayla ou d'autres drogues amères et des épices pour donner à sa boisson une saveur bien nourrie.

L'importation de la coque du Levant en Angleterre a été pour 1859 de 117,950 kilogrammes. Quelques centaines de kilogrammes suffisaient jadis à toute la consommation.

Quand on boit peu de bière, cette fabrication peut avoir une faible influence sur la santé. Mais quand un homme s'est transformé en un véritable tonneau à bière, tonneau des Danaïdes, j'entends, cela peut offrir de graves dangers.

Il faut veiller avec le plus grand soin à ne pas employer dans les brasseries de tubes ou réservoirs de plomb, car la bière contient des acides qui dissolvent si rapidement les oxydes de ce métal, qu'il suffit d'un très court contact pour la rendre toxique.

Forcé par l'espace, j'ai omis bien des détails intéressants; ceux qui voudront approfondir les questions nombreuses se rapportant à ce sujet, consulteront avec beaucoup de fruit l'excellent traité de Malder sur la bière, que M. A. Delondre vient de traduire, avec élégance et fidélité, et qu'il a enrichi de remarques utiles.

DES LIQUEURS FORTES.

Me voici arrivé à la partie la plus importante de mon sujet, celle dans laquelle je dois traiter des liqueurs fortes et des dangers de leur abus. Je désigne, sous le nom de liqueurs fortes des boissons contenant au minimum 15 pour 100 d'alcool, jusqu'à un chiffre qui, pour certains ivrognes blasés, ne s'arrête qu'à l'alcool absolu. Je les divise sous le rapport hygiénique en trois sections distinctes : dans la première, je comprends les liqueurs fortes constituées par de l'alcool et de l'eau avec quelques traces de matières étrangères; dans la seconde, les liqueurs contenant à la fois des proportions notables de sucre et d'un acide organique; dans la troisième enfin, je range les liqueurs sucrées avec essence.

1° Les *liqueurs fortes avec quelques traces de matières étrangères*, le reste étant de *l'alcool et de l'eau*, doivent venir au premier rang : elles agissent principalement sinon uuiquement par l'alcool qu'elles contiennent; leur action paraît être à peu d'exceptions près proportionnelle à cette quantité d'alcool qu'on évalue à l'aide de l'alcoolomètre centésimal de Gay-Lussac, à la température de 15 degrés centigrades, ou l'on ramène le degré observé à cette température à l'aide de tables spéciales.

Les *eaux-de-vie de vin* sont les plus estimées des liqueurs fortes; celles de France n'ont point d'égal dans le monde. Citons d'abord celle de Cognac, si remarquable par le bouquet qui la distingue. On a voulu l'imiter en ajoutant dans de l'alcool rectifié et étendu d'eau, des éthers et d'autres matières odorantes; mais on ne parvient à fabriquer qu'une liqueur sans caractère, qui ne

peut abuser que des palais inexpérimentés. Une fraude plus difficile à reconnaître consiste à distiller le vin qui donne ces remarquables eaux-de-vie avec de l'eau-de-vie inférieure, qui se
charge ainsi du parfum normal en l'atténuant. Les honnêtes
producteurs se sont justement émus de cette désastreuse invention, qui aurait eu pour résultat infaillible de discréditer leurs
produits. Il s'est formé une association dans laquelle tous les
coopérants s'engagent à ne préparer l'eau-de-vie qu'avec du
vin sans aucun mélange. C'est un cépage particulier très pro-
ductif nommé la *Folle blanche* qui fournit un vin médiocre qui,
distillé, donne ces eaux-de-vie renommées à si juste titre.

L'eau-de-vie de Montpellier est obtenue en distillant les vins
communs du Languedoc et de la Provence, qui eux-mêmes, pour
la plupart, sont préparés avec les cépages connus sous les noms
de *teret-bouvet* et d'*aramon*. Ceux désignés dans ces contrées
viticoles sous les noms de *picpouilles* fournissent les eaux-de-
vie d'Armagnac qui ont aussi une juste renommée.

Les eaux-de-vie de Cognac, d'Armagnac, de Montpellier, sont
l'objet d'un grand commerce d'exportation. Cette industrie est,
sous ce point de vue, digne d'être encouragée ; elle doit l'être
aussi parce que ces produits d'élite sont chers, et que pour cela
le peuple en abuse moins.

Les conditions dans lesquelles les bonnes eaux-de-vie sont
utiles sont très restreintes : à dose modérée, elles peuvent être
convenables pour quelques malades dont l'appareil digestif est très
affaibli, mais il faut dans ces cas en suspendre l'usage le plus tôt
qu'on le peut pour revenir à l'emploi d'aliments réparateurs.

Le marc des raisins distillé donne une eau-de-vie possédant
un arome spécial assez désagréable, mais qui, par l'habitude,
finit par charmer les consommateurs, tant ces boissons dangereuses nous présentent d'attraits.

Le suc de cannes fermenté et distillé fournit à la Jamaïque et
dans nos colonies des Antilles le *rhum*. La mélasse de canne,
étendue d'eau fermentée et distillée, donne le *tafia*, qu'on dé-
core souvent du nom de *rhum*. Je l'ai déjà dit, ce *tafia* est le
poison des noirs.

Viennent ensuite les eaux-de-vie de betteraves (suc et mélasse), et les eaux-de-vie de grains et de pommes de terre. Elles
sont remarquables quand on ne les a pas rectifiées, parce
qu'elles contiennent de l'alcool amylique ou butylique. Sont-

elles plus dangereuses à dose égale d'alcool que les bonnes eaux-de-vie? On a remarqué des accidents d'ivresse plus fréquents et peut-être plus redoutables. J'ai été à plusieurs reprises consulté sur cet objet par les fonctionnaires chargés de veiller sur la santé des soldats au camp de Châlons, ou dans quelques-unes de nos casernes. Après une étude attentive, j'en suis arrivé à conclure que, si ces alcools enivrent plus fréquemment, c'est qu'on les boit en plus grande quantité parce qu'ils sont moins coûteux, puis peut-être aussi que les substances qu'ils renferment dessèchent le gosier et portent à boire encore après qu'on a déjà beaucoup bu.

Reste à citer l'eau-de-vie de cerises noires ou *kirsch*. Elle contient de l'acide cyanhydrique, poison très puissant, mais qui, dans ce cas, a moins d'action encore que l'alcool, parce qu'il ne s'en trouve dans le kirsch que des quantités insignifiantes.

2° Je passe aux *liqueurs sucrées avec acide*. Je trouve d'abord le punch, qui se fait avec du rhum, du citron, du thé, du sucre. C'est, quand on n'en abuse pas, une heureuse association de produits. Le sucre et le citron retardent l'absorption, le thé sert de correctif à l'alcool.

Le cassis est le suc d'un fruit acide mélangé à du sucre et de l'alcool. En Bourgogne on y ajoute du vin blanc. Le cassis est, à dose modérée, une bonne liqueur, une des plus inoffensives. Il se rapproche d'un vin généreux pour sa composition et l'ensemble de ses propriétés, L'ouvrier mange avec plaisir son morceau de pain assaisonné d'un petit verre de cassis. Mais il faut prendre garde de ne pas descendre la pente. M. Dumas a fait judicieusement observer que le cassis conduit souvent à l'absinthe.

3° Les principales *liqueurs sucrées avec essence* sont l'anisette et l'absinthe. Je ne parlerai que de cette dernière, car c'est la plus dangereuse et celle dont on abuse le plus.

L'absinthe renferme des proportions variables d'alcool, de 15 à 70 pour 100, et c'est là son plus grand danger; puis des essences d'anis et d'absinthe qui ont encore une action mauvaise sur le système nerveux. Pour démontrer l'influence nuisible des essences, voici une expérience dont les résultats sont saisissants: dans deux coupes contenant chacune un litre d'eau, mettez des poissons: versez dans l'une six gouttes d'essence d'absinthe, dans l'autre six gouttes d'acide cyanhydrique pur; les poissons sont foudroyés plus vite par l'absinthe que par l'acide cyanhydrique.

L'absinthe commune est faite avec de l'alcool à 40 pour 100 ; l'absinthe suisse avec de l'alcool à 72 pour 100. Autrefois on consommait beaucoup moins de la seconde que de la première ; aujourd'hui, on consomme 4 litres d'absinthe suisse pour 1 litre d'absinthe commune.

Composition de l'absinthe. — Plusieurs substances interviennent dans la composition de la liqueur d'absinthe. Voici les principales : feuille d'absinthe majeure et mineure, racine d'angélique et calamus, feuilles de dictame de Crète ou origan, badiane, etc. On fait macérer dans de l'alcool ces différentes matières, on distille, on ajoute de l'essence d'anis et quelquefois d'autres aromates. Les plus honnêtes fabricants colorent avec du jus d'ortie ou d'hysope ; d'autres emploient le curcuma et l'indigo ; d'autres du bleu éteint, nom en apparence inoffensif qui cache le sulfate de cuivre ou vert-de-gris. C'est surtout pour le peuple qu'on fabrique ces liqueurs falsifiées, les plus dangereuses. Les absinthes supérieures ne contiennent aucune autre substance toxique que l'alcool et les essences.

Action physiologique. — Il me reste à exposer rapidement les principaux effets de la liqueur d'absinthe, et à indiquer les dangers spéciaux de son abus.

L'absinthe, cet étrange breuvage, a pour certains hommes d'irrésistibles attraits : les ondulations bizarres de l'eau qui verdit et blanchit, le parfum pénétrant de l'alcool et des essences, déterminent immédiatement une sensation agréable, que double l'habitude. Cette boisson est le plus souvent prise avant le repas ; l'estomac étant vide, l'absorption est plus rapide ; l'action de l'alcool et des essences est alors et plus instantanée et plus intense. A peine a-t-on savouré la perfide liqueur que l'intelligence semble animée, surexcitée ; si le buveur se livre à des travaux d'imagination, surviennent des éclairs heureux ; mais ce bien passager entraîne à sa suite une longue série de maux.

Un des effets les plus pernicieux de l'absinthe, c'est de déterminer la sécheresse du gosier qui demande des libations nouvelles, danger considérable ; car insensiblement on augmente la dose pour maintenir la sensation que l'habitude émousse, et bientôt, comme l'a si bien dit M. E. Begin (*Courrier des familles*, 10 mars 1859), « à l'essor spontané de l'esprit succède la stupéfiante hébétude propre aux ivrognes. »

Sans aucun doute, les effets de la liqueur d'absinthe se rapprochent beaucoup de ceux de l'alcool; jusqu'à un certain point, on pourrait dire que cette boisson agit en raison directe de l'alcool qu'elle renferme, et que l'essence d'absinthe a surtout l'influence fatale de porter insensiblement et d'une façon irrésistible à abuser de l'alcool, l'estomac étant dans l'état de vacuité.

Je serais cependant, avec beaucoup d'observateurs attentifs, tenté d'admettre qu'à dose égale d'alcool, cette dose étant considérable, la liqueur d'absinthe fera plus fréquemment éclater le délire aigu que l'eau-de-vie. Je crois aussi que l'usage journalier de cette liqueur conduira plus fréquemment et plus fatalement au délire chronique et à la paralysie générale progressive, que les autres alcooliques, toutes choses étant égales pour la proportion d'alcool.

La conclusion de tout ceci est que l'absinthe vient au premier rang parmi les liqueurs dangereuses.

De l'alcoolisme aigu ou de l'ivresse.

Je ne veux étudier ici que les effets immédiats des alcooliques pris en quantité suffisante pour produire l'ivresse, réservant pour la seconde conférence tout ce qui se rapporte à l'influence de l'abus ordinaire et prolongé des liqueurs fortes.

La description de l'ivresse a été déjà faite bien des fois par des maîtres habiles; je ne veux en rappeler que les traits principaux.

Les premiers effets se manifestent le plus souvent par une stimulation dont voici les caractères les plus ordinaires.

La face devient plus rouge, les yeux prennent de la vivacité; on éprouve le plus souvent un état de légèreté et de bien-être dont on ne saurait nier la réalité. Les idées naissent faciles, vives et riantes; on éprouve alors une animation sympathique; les peines sont oubliées, le bonheur rêvé; mais le rêve lucide fait bientôt place aux rêveries extravagantes. C'est alors que survient cette incohérence des idées qui caractérise l'ivresse accomplie, ce verbiage vantard et stupide accompagné d'une mimique qui ne l'est pas moins. A une période avancée, il ne reste plus aucun vestige de cette raison, émanation de la divinité, qui élève l'homme au-dessus de tous les êtres de la création (1).

(1) La raison est, dit-on, l'art de dissimuler à soi-même et aux autres sa propre folie. Voilà une définition qui contraste avec l'origine que je viens d'indiquer, mais qui est souvent vraie en ne considérant que nos faiblesses,

Sous le rapport de la motilité, l'homme en état d'ivresse présente un caractère qui nous a tous frappés ; sa marche est devenue vacillante. C'est un enfant, moins le charme du premier âge.

L'influence de l'ivresse sur l'appareil digestif est généralement connue. Je n'ai besoin que de vous rappeler ces vomissements immondes qui inspirent plus de dégoût que de pitié. A une période plus avancée et plus complète de l'ivresse survient le relâchement des sphincters, d'où perte d'urine involontaire et même de matières excrémentielles ! C'est alors que l'ivrogne croupit dans sa fange comme un porc.

Au dernier terme de l'ivresse extrême survient un sommeil léthargique qui souvent est accompagné d'anesthésie. Je vais rapporter sommairement deux observations qui montrent à quel point peuvent aller ce sommeil et cette anesthésie.

J'ai connu dans ma jeunesse un homme (hélas ! c'était un médecin) qui habitait un village avoisinant la petite ville où j'ai été élevé, qui avait l'habitude, à toutes les foires et à tous les marchés, de faire de copieuses libations ; le soir, en retournant au village, il s'endormait invariablement dans les fossés de la route, et les voleurs, profitant de son sommeil léthargique, ne manquaient jamais d'extraire de ses poches l'argent qu'il n'avait pas dépensé au cabaret. Fatigué de ce dépouillement périodique, l'ivrogne acheta un chien intelligent qui veillait sur lui pendant l'ivresse et en écartait les voleurs. Je vous le demande, dans ce cas, n'était-ce pas la bête qui avait la raison ?

La *Gazette médicale de l'Algérie* a dernièrement rapporté un drame judiciaire qui avait pris naissance dans une orgie bacchique. Un homme avait subi une horrible mutilation, et le sommeil et l'anesthésie avaient été si complets qu'il n'eut aucun souvenir ni de la douleur endurée, ni de l'auteur du crime. On en accusa, malgré la régularité de la plaie, la dent d'un chien affamé. Quoiqu'un verdict favorable ait été rendu, M. le maire de Houba persista à penser que ce ne fut qu'une terrible plaisanterie de camarade en état d'ivresse, et c'étaient des hommes qui, en cent occasions, avaient donné l'exemple d'une bravoure admirable.

Je n'ai pas besoin d'insister ici sur la fréquence des crimes qui sont la suite de l'ivresse. A l'incohérence des idées succède naturellement l'incohérence des actes. Il se produit quelquefois des fureurs et des actions furieuses, que rien n'explique, que rien ne pouvait faire prévoir. Je ne vous rappellerai qu'un exemple, mais il en dira plus qu'un long discours.

Alexandre le Grand, le vainqueur de l'Asie, l'élève, le protecteur d'Aristote, et c'est là un de ses plus grands titres de gloire, lui, si magnanime, assassina dans un accès d'ivresse Cliton, son meilleur ami.

Il n'est pas de méchante action que l'on ne puisse attendre d'un homme ivre, fût-il, lorsqu'il est à jeun, le meilleur du monde.

Alcoolisme chronique.

J'en suis arrivé à la partie la plus importante, mais aussi la moins facile de ma tâche, celle dans laquelle je dois essayer de vous faire connaître d'une manière succincte les désordres divers de l'économie désignés sous la dénomination commune d'*alcoolisme chronique*. On comprend sous ce nom les affections qui naissent par l'influence de l'abus prolongé des liqueurs fortes ou de l'ivrognerie habituelle.

Appareils de la digestion. — Occupons-nous d'abord des maladies diverses des appareils de la digestion et de la nutrition qu'on observe chez les ivrognes, en cherchant à découvrir la liaison qui existe entre la cause et les effets.

La bouche des personnes qui abusent ordinairement de l'alcool est sèche, surtout le matin au lever; la langue est épaisse et quelquefois fendillée.

L'anorexie est une suite ordinaire de l'abus des alcooliques; les ivrognes éprouvent souvent des tiraillements à l'épigastre, un dégoût invincible pour les aliments solides; ils ont au matin des vomituritions : ils rejettent un liquide filant composé de mucosités qu'ils désignent habituellement sous le nom de glaires. Vous comprendrez facilement comment l'absorption stomacale devient paresseuse chez les personnes qui abusent de l'alcool; ce liquide, même étendu d'eau, est absorbé avec une grande rapidité. Sous l'influence répétée de ces liquides si facilement absorbables, la fonction si importante de l'absorption se trouve modifiée; elle devient paresseuse pour les aliments normaux. Les liquides alimentaires plus denses séjournent alors dans ce viscère. d'où ces difficultés de digestion dont les ivrognes ont si souvent à souffrir.

L'estomac étant souvent irrité par la présence d'un liquide aussi stimulant que l'alcool même étendu, la sécrétion muqueuse s'exagère, et cette exagération nous donne l'explication de ces *pituites*, ce premier dérangement de santé des ouvriers qui prennent et le matin et dans l'intervalle de leurs travaux des petits verres d'eau-de-vie.

On comprend sans peine qu'à la supersécrétion muqueuse succède une exhalation séreuse et même sanguine, d'où une explication très nette des dérangements de la digestion stomacale qu'on observe chez les ivrognes.

Du côté des intestins, nous devons noter que les personnes qui abusent des alcooliques sont sujettes aux flatuosités, aux coliques ; que la constipation est un dérangement ordinaire de leur santé. Les maladies du foie sont très communes dans ces conditions, et cela se comprend sans peine ; cet organe est, en effet, le premier qui reçoive et conserve dans ses tissus le liquide anormal. Dans les contrées du Nord, la cirrhose est la maladie du foie la plus ordinaire qui suit l'abus de l'alcool ; dans le Midi, c'est la fièvre bilieuse et l'hépatite. Cet abus contribue aussi dans les pays chauds à la fréquence de la dyssenterie.

La diminution considérable d'aliments normaux de la réparation qui est la suite nécessaire du régime des ivrognes, les conduit souvent à l'appauvrissement général de l'économie, d'où les hydropisies qui sont une des causes les plus fréquentes de leur mort. Ajoutons que cette terminaison est favorisée par les maladies du cœur que détermine aussi l'abus des liqueurs fortes.

Appareils de l'innervation. — Nous allons étudier maintenant l'influence de l'alcoolisme chronique sur les appareils de l'innervation. Les manifestations en sont aussi variées qu'intéressantes, nous allons faire connaître les formes principales de l'alcoolisme chronique, en vous présentant un résumé des beaux travaux du médecin suédois, M. Magnus Hus, que nous emprunterons à la remarquable thèse de M. V. Racle, sur l'alcoolisme ; puis, nous examinerons isolément les troubles de la sensibilité du mouvement et de l'intelligence qu'on observe le plus souvent sur les ivrognes endurcis.

Forme paralytique ou parésique. — L'affaiblissement de la force musculaire est ce qui prédomine. En général, cet état ne va pas jusqu'à la paralysie, mais reste à l'état parésique. Il diffère de la paralysie, suite d'apoplexie ou de maladies cérébrales,

Il se porte peu à peu de la périphérie vers le centre. Il a été décrit sous les noms de méningite chronique, *tabes dorsalis;* elle se rapproche à certains égards de la paralysie générale des aliénés, de la paralysie générale progressive. Après une certaine durée de symptômes prodromiques, les extrémités, surtout les membres supérieurs, commencent à s'affaiblir : le sommeil est interrompu par des visions. Les bouts des doigts s'affaiblissent d'abord ; le malade ne peut serrer la main que faiblement ; il laisse échapper les objets qu'il a saisis.

La faiblesse s'étend aux avant-bras, au bras ou à l'épaule. Bientôt elle se manifeste aussi dans les extrémités inférieures. Le malade flageole sur ses jambes ; sa marche devient incertaine. Quelquefois la faiblesse s'étend même aux muscles du dos. Le malade s'affaiblit de plus en plus et devient incapacle de se maintenir dans une position quelconque, il reste presque constamment couché. Cependant les mouvements volontaires ne sont pas abolis. Il n'aime pas à se mouvoir, parce qu'il est obligé pour cela de faire de grands efforts ; il ne peut manger lui-même, on est obligé de lui donner ses aliments. C'est dans ce cas que l'on peut rapprocher cet état de la paralysie générale. Il s'y joint même quelquefois une paralysie de la vessie, du gros intestin, de l'œsophage et même de la langue ; quelquefois des soubresauts des tendons et des crampes viennent se surajouter. Cette forme n'arrive pas chez tous les sujets à son développement complet. Souvent les symptômes sont très légers et accompagnés de l'anesthésie qui caractérise la forme suivante. La faiblesse musculaire survient lentement ou bien se manifeste à la suite d'une maladie aiguë, laquelle peut être le *delirium tremens,* un rhumatisme aïgu, un érysipèle, une blessure, etc., même un état d'ivresse plus fort que de coutume, ou bien la cessation subite de l'usage des alcooliques. Au début, cette faiblesse musculaire varie d'intensité et se manifeste surtout le matin et après un état d'ivresse.

Si le malade ne fait pas d'excès, elle peut rester très modérée ; mais s'il continue à s'enivrer, elle peut atteindre le plus haut degré.

S'il est déjà survenu une paralysie de la vessie et du gros intestin, on peut difficilement s'attendre à une amélioration notable.

Ces symptômes du système musculaire sont accompagnés, ou

précédés, ou suivis d'autres états morbides qui contribuent encore à caractériser cette forme.

L'extérieur du malade est changé ; sa figure annonce l'hébétude et la paresse ; le blanc des yeux devient jaunâtre ou gris-jaunâtre ; la peau est sèche et jaune. Le malade s'amaigrit ; les muscles deviennent flasques : rarement les apparences et les formes se maintiennent, ou, si elles persistent, les forces ont cependant disparu.

Quant aux facultés intellectuelles, le malade devient indifférent, hébété, sa mémoire s'affaiblit ; son sommeil est interrompu par toutes sortes de visions ; souvent le sommeil est précédé d'hallucinations de la vue ou de l'ouïe ou même d'un véritable délire tranquille ; la vue s'affaiblit, les pupilles sont dilatées ; l'œil est moins impressionnable à la lumière ; le malade croit avoir un voile devant les yeux, lesquels s'obscurcissent parfois totalement en même temps qu'il y a des vertiges ; les mouvements brusques de la tête causent d'abord de ces sensations, mais bientôt le malade éprouve ces accidents, même quand il est tranquille (sans mouvement) ; bourdonnements d'oreilles ; dureté de l'ouïe ; tous ces symptômes sont variables d'intensité.

L'activité des organes digestifs est ordinairement changée ; on trouve à un degré plus ou moins élevé tous les symptômes de la maladie que Broussais voyait partout, la gastrite chronique depuis les plus légers symptômes de dyspepsie jusqu'à cet état où presque tous les aliments sont rejetés par le vomissement ; assez souvent il apparaît des symptômes d'inflammation chronique de l'intestin grêle et du gros intestin ; l'abdomen est tendu, il y a des coliques, des flatulences ; certains aliments sont rejetés par en bas non digérés (lientérie) ; la constipation alterne avec la diarrhée ; le foie est généralement hypertrophié et déborde les fausses côtes d'un ou de plusieurs pouces et atteint quelquefois l'hypocondre gauche ; quelquefois il diminue de volume à mesure que le corps s'amaigrit.

Quant au degré de l'alcoolisme, il est remarquable que tel individu qui a énormément abusé de l'alcool puisse ne pas avoir d'affaiblissement musculaire, tandis que tel autre, qui en a abusé beaucoup moins, peut être considérablement affaibli.

Forme anesthésique. — La dénomination d'anesthésique est prise d'une diminution de sensibilité dans certaines parties.

Cette diminution de sensibilité, bien qu'elle soit liée aux symptômes de la forme précédente, est cependant le symptôme prédominant.

M. Monneret dit que, dans beaucoup de cas, les sens sont seulement affectés ; que, dans d'autres, on a observé seulement une diminution considérable de la sensibilité tactile (*Compendium*).

Avant que l'anesthésie ne devienne l'expression de l'intoxication chronique par l'alcool, elle est nécessairement précédée par un degré plus ou moins élevé de demi-paralysie (parésie). Elle est donc liée à la forme paralytique. Après un certain temps d'affaiblissement musculaire, le malade observe une diminution de la sensibilité du bout des orteils.

Cette diminution s'étend peu à peu à la plante des pieds, à leur face dorsale, au tibia, au mollet, au creux du jarret, et ne remonte guère plus haut.

Les mêmes phénomènes se manifestent plus tard dans le bout des doigts, et ne remontent en général que jusqu'aux coudes.

Quelquefois la sensibilité est complétement perdue aux extrémités, et devient d'autant plus manifeste qu'on se rapproche davantage du coude ou du creux du jarret.

Exceptionnellement, l'anesthésie peut commencer par le dos ou par un autre point.

D'autres fois elle est plus manifeste dans une main que dans l'autre (forme hémiplégique).

Cette diminution de sensibilité n'est que superficielle ; dans la profondeur des tissus, la sensibilité reste souvent à son état normal.

Cette anesthésie peut aussi varier selon le moment de la journée.

Elle est le plus souvent précédée de fourmillements, et peut être accompagnée d'un certain degré de tremblement.

Il est impossible de dire pendant combien de temps la forme paralytique peut avoir duré pour que la forme anesthésique apparaisse : cela est très variable. Elles peuvent même apparaître en même temps, et alors elles s'aggravent ou s'améliorent aussi ensemble, et souvent malgré tous les moyens employés par l'art.

Dans le cas où ces moyens ne réussissent pas, il y a un état d'émaciation progressive, plus une diminution de fonctions intellectuelles qui se termine par le plus profond abrutissement.

A ces symptômes anesthésiques il s'en joint d'autres, dépendant de l'intelligence. Rarement le malade peut faire aucun effort d'esprit. Il s'aperçoit de la diminution de sa mémoire, et devient indifférent à tout ce qui se passe. Il a souvent des rêves pénibles et des hallucinations de la vue et de l'ouïe, etc., etc., et enfin les symptômes qui appartiennent à un degré plus élevé, appelé paralysie générale des aliénés.

Il y a quelquefois embarras de la parole, et cet embarras ne se manifeste souvent qu'au commencement d'une conversation, ou quand le malade veut parler vite ou qu'il se fâche.

Tout ce qui a été dit précédemment pour les symptômes digestifs existe pour cette forme.

La faculté digestive diminue de plus en plus. Le volume du foie diminue, et cet organe devient granuleux ou cirrheux, à quoi se joignent quelquefois de l'ascite et de l'anasarque. Quelquefois l'état graisseux du foie persiste malgré l'amaigrissement général.

Souvent il y a du catarrhe des bronches ou même de l'œdème des poumons. Peau sèche, souvent eczéma et prurigo, teinte jaunâtre de la peau.

Forme hyperesthésique. — On observe ici l'hyperesthésie dans les mêmes parties qui étaient affectées d'anesthésie dans les formes précédentes. Cette forme est rare, de façon qu'on peut hésiter à l'accepter comme bien distincte.

Cette hyperesthésie est précédée d'éblouissements, de tremblements des mains, de fourmillements dans les jambes, d'affaiblissements musculaires, en un mot de troubles de la forme paralytique.

Quelquefois il y a en même temps hyperesthésie à certaines places et anesthésie dans d'autres ; par exemple, diminution de sensibilité dans les orteils et augmentation de sensibilité dans la plante des pieds.

Il y a des sensations de fourmillement, de froid glacial, alternant avec une chaleur brûlante dans les pieds ou les jambes, lesquelles sensations prennent souvent la forme névralgique localisée, souvent dans les flancs, les aines, etc. Elles sont souvent accompagnées de soubresauts des tendons.

La forme hyperesthésique se subdivise elle-même en deux formes, dont l'une siége surtout dans la *peau* et l'autre dans les *parties profondes.*

a. — L'hyperesthésie cutanée siége ordinairement dans la jambe. Quelquefois la sensibilité de la peau est tellement exagérée, que le malade tressaille au moindre attouchement et pousse des cris. De semblables douleurs sont réveillées par le changement de position et apparaissent quelquefois spontanément.

Cette hyperesthésie s'étend du tibia dans les parties environnantes, mais en diminuant. Elle est plus forte le soir et la nuit. Le sommeil devient impossible.

b. — L'hyperesthésie des parties profondes de la jambe siége dans les tibias et les mollets ; les malades croient que la douleur siége dans les muscles ou dans la moelle des os. La peau n'est pas plus sensible que normalement, mais la pression révèle la sensibilité plus ou moins profonde.

Ici on remarque d'une manière plus constante là diminution de la vue, l'hébétude de l'esprit, la disposition aux hallucinations et au délire tranquille, ainsi que les symptômes qui caractérisent les inflammations chroniques de l'estomac et des intestins.

Forme convulsive. — De toute antiquité on a remarqué que les mouvements involontaires sont une conséquence de l'alcoolisme.

La première manifestation est le tremblement, dont le degré le plus élevé est une espèce de *chorée.* Plus tard surviennent des soubresauts des tendons, et enfin des *accès convulsifs*, qui revêtent quelquefois la forme épileptique et peuvent dégénérer en une véritable épilepsie.

La forme convulsive est caractérisée par des accidents convulsifs, survenant chez des individus qui ont eu antérieurement des symptômes certains de l'alcoolisme.

Ces convulsions peuvent être générales ou partielles. Il faut en exclure les tremblements ; les soubresauts des tendons n'en font partie qu'autant qu'ils sont les prodromes de véritables convulsions.

Qu'il y ait ou non des soubresauts des tendons ou du tremblement, les convulsions apparaissent, soit à la suite d'une cause occasionnelle, comme une émotion, un effort, une très forte ivresse, une incontinence de liqueurs alcooliques, soit d'une manière inopinée. Elles sont quelquefois précédées d'hallucinations ou de perversions des sens.

Ordinairement les accès vont en croissant d'intensité et de fréquence. Quelquefois le malade reste des mois sans en éprouver ; d'autres fois il en a tous les jours, plusieurs fois par jour ou même plusieurs dans une heure. Quelquefois la connaissance subsiste pendant l'attaque, d'autres fois elle est plus ou moins perdue. Puis il survient une prostration qui est en rapport avec l'intensité de l'attaque. Si l'abus des alcools continue, les convulsions peuvent dégénérer en véritables attaques d'épilepsie.

Il y a quelquefois des traces d'irritation spinale, traduites par une sensibilité à la pression sur la colonne vertébrale.

Forme épileptique. — Cette forme est connue, même des gens du monde, sous le nom d'*épilepsie alcoolique* ou *des ivrognes.* Il est quelquefois difficile pour le médecin qui n'a pas assisté à l'attaque de dire si c'est de l'épilepsie ou non. Ce diagnostic est d'autant plus difficile, que l'on voit des accidents convulsifs passer peu à peu à la forme épileptique. Nous n'appellerons épileptiques que les accès qui présentent réellement des convulsions tétaniques suivies d'un sommeil comateux.

Il ne suffit pas de constater qu'il y a des accès épileptiformes, car l'épilepsie aurait pu préexister à l'alcoolisme, pourrait être héréditaire ou provenir d'une maladie organique. Dans tous les cas d'épilepsie, on a toujours constaté comme prodrome, du vertige et des lipothymies.

Les attaques se rapprochent peu à peu, souvent elles sont précédées d'un *aura.* Les attaques ne se montrent pas constamment à la même heure du jour, mais elles peuvent arriver la nuit, et alors le malade ne sait rien de ce qui s'est passé.

L'épilepsie alcoolique peut dégénérer en paralysie générale des aliénés. Elle peut aussi guérir, même assez facilement, par suite de la suppression des abus alcooliques. Enfin, elle peut persister des années entières sans affecter beaucoup les facultés du malade.

Je me suis étendu beaucoup sur ce sujet, car je suis convaincu que la connaissance approfondie de ces différentes formes de l'alcoolisme pourra avoir une grande importance pratique, surtout dans ces cas beaucoup plus communs qu'on ne pense, où l'abus n'apparaît pas au vulgaire et est confondu par lui avec l'usage raisonnable. Quelques-uns des signes que nous venons de faire connaître suffiront au médecin expérimenté et même à l'homme sagace pour reconnaître en temps utile les désordres manifestés par une funeste habitude qui mine lentement, sourdement l'économie et la prépare aux coups des plus redoutables affections.

Je vais maintenant poursuivre le même ordre d'idées, en présentant d'une manière synthétique les troubles divers les plus ordinaires qui annoncent ou caractérisent l'alcoolisme chronique.

Parmi les troubles de la sensibilité nous noterons, comme très fréquents chez les ivrognes, des fourmillements dans les pieds et dans les mains, des douleurs générales vagues, des troubles très variés dans les organes des sens et toujours une diminution dans la perfection des fonctions de ces organes.

La vue est moins nette, la sensibilité tactile diminuée, l'impuissance ou des modifications diverses de la fonction génésique se révèlent; du côté de la motilité, les désordres sont d'une extrême fréquence chez les alcoolisés. Insistons encore sur ce tremblement des ivrognes qui se remarque surtout au matin, qui affecte particulièrement les mains et dégrade l'adresse; ce résultat admirable d'un travail suivi, chez une nature privilégiée.

La démarche de l'ivrogne à jeun conserve quelque chose de l'accès d'ivresse : elle est indécise, vacillante.

A un degré plus avancé la langue et les lèvres sont tremblantes, et la victime de l'alcoolisme est fréquemment en proie à des soubresauts ou des crampes fort douloureuses.

Revenons encore sur les troubles de l'intelligence, suites presque constantes de l'abus prolongé des alcooliques.

Nous avons noté ces fréquentes hallucinations des ivrognes; c'est particulièrement l'organe de la vue qui éprouve les atteintes de ce modificateur. D'étranges visions tourmentent fréquemment l'alcoolisé et la nuit et le jour, pendant son sommeil et à l'état de veille; il est incessamment poursuivi par des animaux immondes qui le menacent ou l'accompagnent sans lui laisser ni repos ni trêve.

Si ces hallucinations de la vue, avec ce caractère effrayant, ne se présentent pas chez tous les ivrognes endurcis, il est une suite lamentable de leur funeste passion, qui est si fréquente que je pourrais la considérer comme nécessaire; c'est l'affaiblissement progressif de l'intelligence, qui les conduit souvent assez vite à un état qu'un seul mot caractérise, l'*abrutissement*.

Si nous recherchons maintenant quelle peut être l'influence de l'abus des alcooliques sur une des plus redoutables maladies qui affligent l'humanité, sur l'aliénation mentale, nous pouvons dire, sans crainte d'être démenti, que dans notre Europe l'abus des alcooliques est la plus puissante des causes déterminantes de l'aliénation mentale. Je vais rapidement chercher à le démontrer.

Dans une statistique, se basant sur des chiffres peu élevés, il est vrai, mais étudiés par un homme aussi habile que compétent,

M. le docteur Parchappe, on voit que sur 176 aliénés admis à Charenton, l'alcoolisme pouvait être mis en cause dans 60 cas, et que, sur 82 cas de paralysie générale, il fallait, dans 28, en accuser l'alcool. Quelle énorme proportion! et nous allons voir qu'elle est peut-être singulièrement atténuée. Que de gens qui ne s'enivrent pas habituellement, qui supportent bien, comme on le dit, les alcooliques, qui ne s'avouent que buveurs, et qui passent pour tels, qui doivent se joindre à la proportion déjà si élevée des aliénés et des malades atteints de paralysie générale, par suite d'abus de l'alcool!

Nous ne sommes pas encore au bout de notre compte; les enfants des ivrognes sont plus prédisposés que les autres aux maladies nerveuses. N'est-il pas légitime de remonter à la cause première? Plus on scrutera ce problème, plus on sera convaincu que l'abus des alcooliques est directement ou indirectement la principale cause des maladies de l'intelligence. Je viens de parler de maladie de l'intelligence; il est une plaie de l'humanité, le suicide, qui doit presque toujours être considérée comme une affection de cet ordre.

Or, quelle est la cause qui prépare plus souvent à cette lamentable fin, que l'abus de l'alcool? Combien de fois n'ai-je pas eu à constater cette coïncidence dans les garnis de la rue aux Fèves ou de Glatigny dont je vous ai déjà entretenus?

Tous les auteurs qui, dans les divers Etats de l'Europe, se sont occupés de statistique criminelle, ont insisté sur cette coïncidence fréquente de l'ivrognerie et de la criminalité. Peut-il en être autrement? Un homme à mauvais penchants, qui a perdu la raison, doit presque toujours commettre des actes répréhensibles.

Il est une forme spéciale de l'alcoolisme qui conduit presque inévitablement à quelques-unes de ces lamentables fins que je viens de vous indiquer. C'est celle qui est désignée par le mot de *dipsomanie*.

Quand les malheureux qui ont cette fâcheuse organisation se laissent aller à un excès alcoolique, l'ivresse est chez eux beaucoup plus persistante que chez les autres individus. Ils se réveillent du sommeil qui suit ces abus, encore étourdis, avec une tendance invincible pour boire de nouveau; s'ils ont quelques ressources, ils retournent aussitôt au cabaret. C'est un cercle vicieux dans lequel ils tournent jusqu'à ce qu'il survienne quelque catastrophe soit de santé, soit criminelle, soit financière. Les hommes atteints de cette forme de dipsomanie peuvent être bien élevés et convenablement doués à tous autres égards.

J'ai observé un de ces cas, pendant mon séjour à l'Hôtel-Dieu, qui m'a vivement impressionné.

J'ai remarqué un jour parmi les malades un homme à figure honnête, sérieuse, intelligente; il était dans la salle depuis un mois; la religieuse le considérait comme le meilleur de tous ceux qu'elle assistait; sur sa recommandation, je le pris à mon service. Je le gardai pendant six mois; chaque jour, je découvrais en lui des qualités nouvelles. Esclave du devoir, humeur égale, bon toujours et pour tous; d'une instruction au-dessus de sa condition; d'une adresse merveilleuse. J'appris que c'était un ouvrier appareilleur des plus habiles. Comment, avec un état qui pouvait lui assurer d'aussi bonnes journées, était-il entré malade à l'Hôtel-Dieu? Je m'étonnais aussi comment, depuis six mois, il ne m'avait pas demandé une seule heure de sortie; j'admirais sa sobriété; jamais au matin il n'allait avec ses camarades boire le petit verre. Tout va bientôt s'expliquer: un jour, il cède à une de ces invitations; il ne revient point à son service; il ne rentre que fort avant dans la soirée dans un état complet d'ivresse. Le lendemain, frappé de son air bébété, de sa figure altérée, je lui fais doucement quelques observations; je l'engage à ne pas sortir et à reprendre son service. Il est sourd à toutes mes paroles. Il veut absolument sortir; son devoir, sa place, tout lui est indifférent; il ne tient qu'à une chose, retourner au cabaret, où il est attiré par une invincible attraction. Le soir, il ne revint plus, et j'appris que pendant plus de quinze jours, ivre le lendemain des libations de la veille, il ne se réveillait que pour boire. A quelque temps de là, j'aperçus cette victime de cette cruelle folie, et je fus saisi de pitié. Je ne sais quelle a été la fin, qui a dû être déplorable, d'un homme bien doué sous tant de rapports. Je me suis souvent reproché de ne l'avoir pas traité comme un malade aliéné, quand il revint le premier jour, et de ne lui avoir pas fait mettre la camisole de force jusqu'au retour de la raison; mais à cette époque, je ne connaissais pas cette forme de dipsomanie dans laquelle l'ivresse se continue en ne vous laissant dans l'âme que l'envie de boire.

Voici l'histoire d'un autre cas de dipsomanie qui s'est dévoilée devant les tribunaux français et qui peut montrer où peuvent conduire d'une part la soif du lucre et d'autre part la soif de l'alcool.

« On sait que les assurances sur la vie donnent lieu, dans certains pays, notamment en Suède, à de nombreuses spéculations ; on assure ainsi, non-seulement sa vie ou celle des membres de sa famille, mais encore celle d'étrangers dont on obtient le consentement. C'est là une sorte de jeu de hasard qui peut rapporter des sommes considérables si la personne assurée vient à mourir lorsqu'un petit nombre d'annuités seulement a été payé.

« Dans la petite ville de Carlskrona, en Suède, le sieur Franz Svensson, marchand épicier, conçut à ce sujet l'idée d'une spéculation qui devait lui assurer des bénéfices certains. Il connaissait un sieur Johan-Peter Hoffstedt, ancien soldat du 5e régiment de la marine royale. Cet homme, âgé de cinquante et un ans, n'avait qu'une passion, mais il y sacrifiait tout ; cette passion c'était l'eau-de-vie ; boire, toujours boire, tel était son rêve ; l'ivresse perpétuelle, tel était son état ; pour satisfaire sa passion, il eût donné sa vie. Svensson le savait, il va le trouver ; il fait briller à ses yeux les plaisirs et les joies de l'ivresse ; d'une main il lui tend un verre d'eau-de-vie, de l'autre il fait résonner quelques pièces d'or ; il lui propose de lui donner les moyens de boire sans cesse ; il s'engage à satisfaire toujours et sans relâche sa funeste passion. L'ivrogne l'écoute d'une oreille avide ; sa main tremblante saisit le verre qu'on lui présente et le porte à ses lèvres. Svensson ne lui demande qu'une chose en retour : sa vie lui appartiendra désormais ; en échange de cette ivresse sans trêve et sans relâche, il faut que dans un court délai il ait cessé de vivre ; il faut que dans quelques mois l'ivresse ait tué ce misérable, qu'à l'expiration de ce délai fatal l'eau-de-vie ait achevé son œuvre. Hoffstedt hésite à peine quelques instants, son intelligence obscurcie ne comprend qu'une chose, il va boire... pendant trois mois entiers, pendant six mois peut-être... que lui importe le reste ? Il accepte, et alors un effroyable pacte est conclu. Svensson va faire assurer la vie de Hoffstedt, son âge est encore peu avancé, la débauche a porté plus d'atteinte à son intelligence qu'à son corps, le contrat d'assurance peut être passé à de bonnes conditions ; une fois le contrat passé, Hoffsted accomplira son œuvre de destruction, et bientôt Svensson touchera des compagnies les sommes montant de l'assurance.

« Deux contrats d'assurances sont en effet passés : l'un avec la compagnie anglaise *le Mentor* pour 8,000 livres, l'autre avec le représentant de la compagnie française *la Paternelle* pour 7,500 francs. Le 26 avril 1856, la première annuité montant à 184 fr. 90 c. est versé par Svensson; Svensson cherche encore à passer avec deux autres compagnies d'assurances deux autres traités, mais il ne peut y parvenir, et il lui faut se contenter de ceux qu'il a pu obtenir.

« Alors il obsède Hoffstedt, il lui rappelle sans cesse sa promesse, il le somme de tenir parole, il le poursuit sans pitié; il lui remet l'argent nécessaire, il le fait venir chez lui et le fait boire; il le visite à son domicile, il suit d'un œil avide les progrès du mal, il veut en hâter les effets. Un jour, apprenant qu'il est malade, il va le trouver; il lui reproche de n'être pas *aussi malade qu'il devrait l'être*, de ne pas tenir sa *promesse*, de n'*être pas en état complet d'ivresse.* Hoffstedt répond qu'il fait de son mieux, que ses forces sont à bout, *qu'il est en train de se dessécher!* que s'il n'est pas complétement ivre, c'est qu'il est obligé de rester couché, et qu'il n'a pu aller boire. Svensson insiste, et se retire en lui donnant deux rixdallers. Les entrevues se succèdent, l'insistance de Svensson augmente, et Hoffstedt, éperdu, lui propose de *laisser l'affaire.* Ce n'était pas là ce que voulait Svensson : il lui remet encore de l'argent; il l'excite, il le presse. Sa main n'a-t-elle pas été plus criminelle encore? *Peter Hoffstedt meurt* le 31 août 1856, *le corps brûlé et tordu* par d'effroyables souffrances.

« Svensson fait connaître le décès à la compagnie *le Mentor*, qui s'exécute et paye, et à *la Paternelle*, qui fait procéder par son agent à une enquête pour savoir si les clauses de la police d'assurance avaient été loyalement exécutées.

(Extrait de la *Gazette des Tribunaux* du 7 novembre 1859.)

Ajoutons que le tribunal français a déclaré résiliée la police d'assurance et a stigmatisé en termes énergiques cet abominable marché par lequel un homme avait vendu sa vie à un vrai démon qui a veillé à son chevet jusqu'à son dernier soupir pour lui verser le fatal poison.

Influence sur la marche de la civilisation de l'abus prolongé et endémique des liqueurs fortes.

Je vais maintenant établir ce que j'ai annoncé dans le commencement de ces leçons, que les progrès de l'humanité seraient non-seulement entravés par l'abus des liqueurs fortes, mais encore qu'une marche rétrograde serait imminente, si l'on ne portait remède à ce fléau.

Amyot a dit avec autant d'énergie que de raison : « Un ivrogne n'engendre rien qui vaille. » Sans doute cette règle absolue présente d'heureuses exceptions, mais on ne saurait méconnaître qu'elle est vraie dans bien des conditions ; en effet, les fausses couches sont beaucoup plus fréquentes chez les alcoolisées que dans les conditions normales ; la mortalité des nouveau-nés des ivrognes dépasse de beaucoup la moyenne ; toutes choses égales, les maladies nerveuses sont plus fréquentes chez les descendants des ivrognes que chez les descendants des personnes sobres. Et ces maladies, suite de misère, qui enlèvent tant d'enfants du pauvre, combien ne sont-elles pas plus communes dans un ménage qui en subit si souvent les atteintes par suite de la passion alcoolique contractée par son chef ? On hérite souvent des goûts et des habitudes de ses ascendants, l'ivrognerie n'est pas exempte de cette loi d'hérédité.

Combien toutes ces causes réunies doivent agir pour arrêter la marche ascendante de l'humanité ou pour conduire fatalement au remplacement de ces races qui se dégradent, par des races vierges de ces causes de dégénérescence physique et morale ?

Je viens de parler de races non encore atteintes par ce fléau de la civilisation, mais ne croyez pas que les plus incultes en soient exemptes. Un médecin des plus distingués, M. Rufz, qui a exercé aux Antilles, attribue les trois quarts des morts prématurées des noirs à l'abus du tafia ; plusieurs peuplades de l'Amérique disparaissent au contact de notre civilisation, parce qu'elles n'ont pris d'elle que le goût pour les liqueurs fortes, et elles sont décimées par les alternatives de privation des choses nécessaires à la vie et d'abus de l'alcool.

Je viens de parler des noirs et de leur goût prononcé pour le tafia ; mais n'allez pas conclure de ces paroles que cette race n'est point perfectible, qu'elle doit être condamnée au travail manuel, qu'elle seule peut le supporter dans les régions intertropicales, et que l'esclavage auquel elle est soumise dans quelques parties du globe est une condition de nature. Je proclame au nom de l'hygiène que c'est un abominable sophisme. A l'aide de certaines précautions que j'indique dans mon cours, toutes les races humai-

nes peuvent et doivent travailler sous toutes les latitudes. Pour
garantir les noirs du mal du tafia, il faut commencer par les instruire et les rendre libres. Que ceux qui ont charge de leurs destinées imitent notre Arago, dont le premier acte, en prenant possession du pouvoir, fut l'abolition de l'esclavage dans toutes les
possessions françaises.

Il est certaines contrées de l'Europe dans lesquelles les maux
de l'alcoolisme ont pris de telles proportions, qu'il est urgent d'y
porter un prompt et efficace remède. Voici, sur ce sujet, l'opinion
d'un homme qui a le mieux étudié les effets de l'abus des liqueurs
fortes.

« Les choses en sont arrivées aujourd'hui, dit M. Magnus Hus,
à un tel point, que si les moyens énergiques ne sont pas employés
contre une habitude aussi fatale, la nation suédoise est menacée
de maux incalculables... Le danger que fait courir l'alcoolisme à
la santé physique et intellectuelle des populations scandinaves,
n'est pas une de ces éventualités plus ou moins probables, c'est
un mal présent dont on peut étudier les ravages sur la génération actuelle... Il n'y a plus moyen de reculer devant l'application
de mesures à prendre, dussent ces mesures léser bien des intérêts !... Mieux vaut-il se sauver à tout prix que d'être obligé de
dire : *Il est trop tard !* »

Ne croyez pas qu'en France nous soyons exempts de ces maux.
D'après un relevé dressé par M. Duchesne, sur 938 entrées en
1859 à l'infirmerie de Bicêtre, on a compté 135 victimes des abus
alcooliques.

Ecoutez, sur les maux de l'alcoolisme, M. Jules Simon, un philosophe que nous aimons, parce qu'il aime le peuple.

« Les habitudes d'ivrognerie sont telles dans plusieurs villes
de fabrique, et elles entraînent une telle misère, que l'ouvrier est
absolument incapable de songer à l'avenir. Le jour de paye, on
lui donne en bloc l'argent de sa semaine ou de sa quinzaine. Il
n'attend même pas le lendemain ; si c'est un samedi, il se jette
le soir dans les cabarets ; il y reste le dimanche, quelquefois encore le lundi. Bientôt il ne reste plus que les deux tiers ou la
moitié de ce salaire si péniblement gagné. Il faudra manger pourtant. Que deviendra la femme pendant la quinzaine qui va suivre ?
Elle est là, à la porte, toute pâle et gémissante, songeant aux enfants qui ont faim. Vers le soir, on voit stationner devant les cabarets des troupeaux de ces malheureuses qui essayent de saisir

leur mari, si elles peuvent l'entrevoir, ou qui attendent l'ivrogne pour le soutenir quand le cabaretier le chassera ou qu'un invincible besoin de sommeil le ramènera chez lui. A Saint-Quentin, plusieurs de ces détaillants ont été pris pour ces femmes d'une étrange pitié; elles enduraient le froid et la pluie pendant des heures; ils leur ont fait construire une sorte de hangar devant la maison; ils ont même mis des bancs. La salle où les femmes viennent pleurer fait désormais partie de leurs bouges. » (Jules Simon, l'Ouvrière.)

Il vous est arrivé d'entrer le dimanche dans une salle de médecine d'un hôpital, et de voir une fille de dix-huit ou vingt ans, dans les yeux de laquelle brillent l'intelligence et le dernier souffle de la vie, c'est encore une victime de l'alcoolisme. Son père est un ivrogne qui l'a laissée pâtir pendant toute son enfance, et de cette cause est née la maladie de poitrine qui aujourd'hui la tue.

Oui, j'ai besoin de le redire ici, de l'avis des philosophes, des médecins, de tous les observateurs, l'ivrognerie est devenue dans notre Europe la plus grande cause de la misère. Or, la misère est la première cause de mort prématurée, comme j'ai cherché à l'établir dans une suite de leçons.

J'ai montré aussi au début de ces études sur l'abus des liqueurs fortes, que c'est par la diffusion de l'aisance que l'hygiène a réalisé depuis le commencement de ce siècle tant de progrès; il est bien certain que l'ivrognerie, en abrutissant les hommes, quand elle ne tue pas, diminue l'adresse, la force, la constance au travail, l'intelligence, la prévoyance, la moralité, l'esprit de famille, et par toutes ces causes l'aisance générale, qui est la pierre angulaire sur laquelle s'appuie l'hygiène progressive. Ajoutons qu'on comprend difficilement qu'un peuple, abusant des alcooliques, puisse conquérir ou conserver la liberté sur laquelle est fondée l'égalité devant la loi, source de tout progrès social.

J'ai donc démontré, autant qu'il était en moi, le fait général que j'ai énoncé en commençant ces études; c'est que les bases sur lesquelles repose la marche ascendante de l'humanité seraient fatalement ébranlées par l'abus des liqueurs fortes.

Si nous examinons maintenant les remèdes divers qu'on a cherché à opposer à ces maux, nous pouvons les rapporter à trois principaux, que nous désignerons sous les noms de moyens russe, anglais et français.

Le remède russe et scandinave, qui a été surtout mis en usage en Russie, en Suède et en Pologne, semble étrange au premier abord. Il est bon, pour en comprendre la portée, de savoir que les alcoolisés du Nord s'enivrent presque exclusivement avec de l'eau-de-vie de grains, dont on n'a pas séparé l'alcool amylique et les huiles infectes qui l'accompagnent dans une première distillation.

On s'empare d'un ivrogne, on l'enferme, puis son eau, son pain, tous les aliments lui sont servis invariablement assaisonnés avec l'huile infecte qui se trouve dans l'alcool de grains. Les premiers jours il ne se plaint pas ordinairement de ce régime, mais après quelque temps il est pris d'un tel dégoût, qu'il repousse avec horreur les aliments ainsi aromatisés. On lui rend sa liberté, et, dans certains cas heureux, ce dégoût le poursuit tellement toute sa vie qu'il ne veut plus approcher de ses lèvres la fatale eau-de-vie de grains. Je crains que les cures solides obtenues par ce moyen ne soient pas aussi nombreuses qu'on le dit, puis nous ne pouvons l'appliquer ; en France, la prison thérapeutique n'est entrée dans nos lois que pour les aliénés (on pourrait dire, il est vrai, que les ivrognes doivent être rangés dans cette classe de malades), et puis notre alcoolisé, sorti de la maison où il aurait été saturé d'huile infecte de betteraves, trouverait chez le distillateur de l'esprit de bon goût, et au besoin de l'absinthe qui le tuerait plus vite.

Le remède anglais, qui a été surtout appliqué sur une grande échelle et avec persévérance dans les Etats-Unis d'Amérique du Nord, consiste dans l'établissement de sociétés de tempérance. Je ne puis entrer ici dans tous les détails qui concernent ces intéressantes institutions ; qu'il me suffise de dire qu'on peut les ranger dans trois catégories distinctes. La première, qui est la plus radicale, mais qui a un inconvénient, un seul il est vrai, de priver absolument l'homme de boissons alimentaires agréables, et qui dans certaines conditions peuvent être utiles, consiste dans l'engagement que prennent tous les membres de la société, non-seulement de s'abstenir de toutes liqueurs fortes, mais encore des boissons fermentées, quelle que soit leur teneur en alcool. La seconde catégorie des sociétés de tempérance diffère à peine de la première ; les membres adoptent le thé comme boisson alimentaire exclusive. Ils se rapprochent des Chinois sous ce rapport, et la privation des liquides alcooliques trouve une compensation dans l'usage ordinaire de l'admirable boisson du Céleste Empire.

Dans la troisième catégorie, les associés renoncent à l'usage des liqueurs fortes, et ils ne font qu'une consommation modérée de boissons fermentées. Ce serait bien là une solution heureuse du problème, si les hommes savaient se tenir dans un milieu raisonnable; c'est parce que cela est difficile qu'on dépasse souvent le but qu'on veut atteindre.

Quoi qu'il en soit, reconnaissons que les sociétés de tempérance ont produit d'excellents résultats en Angleterre et dans le nord de l'Amérique; mais ces moyens ne sont pas d'une application facile en France, pour un grand nombre de raisons, parmi lesquelles je n'en citerai qu'une : il sera toujours difficile de mettre au régime de l'eau la nation qui produit les meilleurs vins du monde.

En quoi consiste donc le remède français? Le voici : 1º Répandez à pleines mains l'instruction et les lumières parmi le peuple; déjà, il faut le reconnaître, les gouvernements qui se sont succédé chez nous depuis un demi-siècle, ont fait presque tous de louables efforts pour que l'éducation primaire soit donnée gratuitement à tous les citoyens; c'est une émancipation qui marche parallèlement à celle de l'esclavage; 2º il faut aussi redoubler de zèle pour fonder des bibliothèques populaires où se trouvent les livres qui moralisent et qui honorent l'esprit humain; 3º il faut ouvrir, aux heures du repos, des cours publics et gratuits où sont enseignées les vérités utiles à l'ouvrier.

C'est le but que poursuivent avec une si noble ardeur, depuis plus de trente années, M. le président et MM. les membres de l'Association polytechnique.

Il faut enfin réunir et faire connaître les faits scientifiques les mieux établis, les déductions morales les plus nettes, démontrant les dangers de l'abus des liqueurs fortes. C'est ce que, dans ces deux conférences, j'ai essayé de faire selon mes forces.

Sans doute, dans tout ce que je vous ai exposé, j'aperçois des lacunes, je sens qu'il existe des imperfections; mais je compte sur vous. En reproduisant mes paroles, vous les rectifierez, vous les compléterez, et, grâce à vous, le bien que nous rêvions sera réalisé. Ce point noir que nous apercevions à l'horizon, et qui devait fatalement s'opposer aux progrès incessants de l'humanité, s'évanouira sans retour.

L'EAU-DE-VIE

EST-ELLE UN POISON?

CONFÉRENCE POPULAIRE

PAR

H. JUNOD

PASTEUR A SAINT-MARTIN (CANTON DE NEUCHATEL)

A

MONSIEUR BOUCHARDAT

PROFESSEUR D'HYGIÈNE A LA FACULTÉ DE MÉDECINE DE PARIS

MEMBRE DE L'ACADÉMIE IMPÉRIALE DE MÉDECINE

Monsieur,

Je garde le plus émouvant souvenir des audiences que vous avez bien voulu m'accorder pour juger le travail qu'une triste nécessité m'avait contraint d'essayer contre les liqueurs fortes. La patience avec laquelle vous daignâtes écouter ligne après ligne une œuvre aussi chétive, la bonté que vous avez mise à en élaguer les défauts les plus saillants, les encouragements que vous m'avez donnés pour livrer ces conférences à la publicité, la protection dont vous les couvrez en les admettant, elles pauvrettes, en la compagnie et sous l'égide des vôtres, tout cela, joint au privilége de vous connaître personnellement, me laisse au cœur mille sentiments que je ne sais comment exprimer, et que domine une profonde reconnaissance. Involontairement je me répète que la science est une belle chose! belle surtout quand elle se couronne de charité, pour le service des humbles et de l'humanité souffrante ou égarée. C'est cette science couronnée que j'ai eu le bonheur de rencontrer sous votre toit hospitalier.

Puissiez-vous longtemps encore, Monsieur le Professeur, la répandre à pleines mains, pour l'avancement de toute bonne cause et de la tempérance en particulier!

C'est la prière qu'adresse à Dieu votre reconnaissant et dévoué serviteur.

H. JUNOD, pasteur.

Saint-Martin, le 21 mai 1863.

L'EAU-DE-VIE EST-ELLE UN POISON?

Messieurs,

Le fait qu'on ose le demander ne prouve déjà guère en faveur de cette boisson. Et puis, s'il faut l'avouer, cette espèce d'embarras ou de honte que j'éprouve à prononcer devant vous et dans un temple le nom de cette liqueur, ne la recommande pas davantage. Aussi bien, désiré-je nous mettre tous à l'aise en la désignant, si vous le voulez, par le terme général d'*alcool*.

Il est plus supportable et servira mieux d'ailleurs l'intention que j'ai d'exciter votre défiance contre toute liqueur distillée, qu'elle s'appelle rhum, extrait d'absinthe, tafia, ou de quelque autre manière.

L'alcool est-il un poison? Telle est donc la question que je voudrais étudier avec vous, quitte à chacun de la trancher ensuite selon sa conviction. Mon argumentation, étrangère aux ressources de la science, que je ne connais pas, ne sera qu'un appel continu du bon sens au bon sens. Puisqu'on connaît l'arbre à ses fruits, je me contenterai de vous montrer ceux-ci, et vous jugerez de celui-là.

Pour nous en faire une juste idée, il faut jeter un regard sur l'histoire de ce liquide depuis sa découverte à nos jours; le suivre après cela dans le corps humain et quelques-uns de ses organes en particulier; l'examiner enfin dans les ravages qu'il apporte aux facultés supérieures de notre nature.

I

HISTOIRE DE L'ALCOOL DEPUIS SA DÉCOUVERTE JUSQU'A NOS JOURS.

Un alchimiste arabe, cherchant la pierre philosophale, ou l'art de faire de l'or, trouva, dit-on, celui de distiller le vin. C'était au onzième siècle. Déjà depuis longtemps, les Chinois et les Indous fabriquaient de l'arack en appliquant au riz le procédé de la distillation ; mais c'est à l'Arabie qu'on doit l'invention de l'esprit de vin. Le nom qu'elle lui donna a passé dans toutes les langues. En voici l'origine : Les femmes arabes se servaient pour peindre leur visage d'une poussière d'or très fine, s'imaginant par là rehausser l'éclat de leur teint ; on l'appelait *alcohol*, alcohol fut donc le nom de la nouvelle substance ; car elle aussi donne bon visage ! Le koran et l'alcool, tels sont les deux fameux produits dont les fils d'Ismaël ont eu le triste honneur de doter le monde. Chose remarquable, ces deux produits se ressemblent en plus d'un point ; l'islamisme est parmi les religions, ce qu'est l'alcool parmi les cordiaux en vogue. Tous deux se donnent pour des épurations de ce qui existait auparavant. Mahomet, l'alchimiste en religion, n'a fait que jeter à l'alambic (le mot est arabe) tous les systèmes religieux à lui connus pour en faire distiller sa doctrine ; aussi n'y trouve-t-on rien de très neuf, rien d'original, et pourtant, comme l'alcool, cela étourdit, cela fanatise, cela tue.

Quant à l'alcool, empressons-nous de dire, qu'on ne se laissa point séduire longtemps par ce fard d'un nouveau genre ; on reconnut bientôt que c'était un poison. Durant l'espace d'environ deux cents ans, on ne l'employa guère que dans les laboratoires. Au treizième siècle pour la première fois, Arnold de Villa le recommanda comme remède en certaines maladies ; son disciple Raymond Lulle en fit autant ; grâce à la réputation de ce fameux docteur, l'usage médicinal de l'alcool se répandit dans presque toute l'Europe. Comme durant deux siècles on l'avait tenu dans les cabinets de chimie à titre de poison, durant les deux siècles suivants, on l'employa en pharmacie sous forme de médicament. Plût à Dieu qu'on en fût resté là.

Mais de l'usage médicinal, on passa à l'usage hygiénique. A peine l'imprimerie fut-elle née qu'elle s'employa à propager mille erreurs sur les effets de l'alcool. En 1483, le docteur Michaël Strick publiait en Allemagne *sur l'usage et l'utilité de l'alcool* un ouvrage imprimé à plusieurs éditions.

En face de ses nombreux succès, cette liqueur changea de nom ; séduit par ses effets les plus immédiats, on l'appela *eau-de-vie* (aqua vitæ), promesse trompeuse, hélas ! comme celle que fit à Eve, le père du mensonge, au pied de l'arbre de la connaissance du bien et du mal.

Théoricus, écrivain allemand du seizième siècle recommandait en ces termes le nouveau cordial : « L'eau-de-vie retarde la vieillesse, elle fortifie la jeunesse, elle aide à la digestion, elle détache les flegmes, elle dissipe la mélancolie, elle donne de la vivacité au système nerveux, elle guérit l'hydropisie, elle dissout la pierre, elle préserve des étourdissements, des éblouissements, du grasseyement, du claquement de dents, du râlement de gorge, elle prévient les étouffements, les vomissements, les soulèvements de cœur ; elle empêche le tremblement des mains, la crispation des nerfs, la rupture des veines, la carie des os et la liquéfaction de la moelle. »

Un autre auteur regarde comme une preuve sans réplique en faveur de l'alcool qu'il brûle quand on y met le feu.

L'ignorance générale et l'état d'enfance où se trouvait alors la médecine favorisaient au plus haut point la confiance superstitieuse dans les remèdes universels et mystérieux. Il est donc facile de concevoir la vogue immense qu'obtint une drogue aussi vantée.

Il est facile surtout de deviner comment de l'usage hygiénique on passa promptement à un abus déplorable. D'innocent préservatif, l'alcool devint une liqueur enivrante, une liqueur à la mode, hélas !

Dans toutes les classes de la société, du palais des grands à la chaumière des petits, les gens qui n'avaient pas à leur portée l'abondance du vin, y substituèrent celle de l'alcool. La science prêta son secours à l'industrie et à l'amour du gain pour l'obtenir à meilleur compte et plus en grand. Vers le milieu du dix-septième siècle, on trouva le moyen de fabriquer de l'alcool avec du grain, avec des fruits, et enfin avec la pomme de terre.

Et maintenant on distille chaque année dans le royaume de Prusse, par exemple, le grain qui suffirait à nourrir un million et demi d'habitants, et les pommes de terre qui en alimenteraient quatre millions.

En 1849 le seul impôt sur les liqueurs spiritueuses a produit à l'État près de 23,000,000 de francs.

Dans tout le Zollverein on boit annuellement 367 millions de pintes d'eau-de-vie (plus d'un million par jour). Un auteur en évalue le montant à 122,000,000 de thalers ; 122,000,000 de thalers, plus de 457,000,000 de francs, pour obtenir quels résultats ? Demandez-le aux médecins. Ils estiment à 350,000 le

nombre de buveurs qui sont réduits honteusement à réclamer
leurs soins; à 40,000 ceux qu'atteint chaque année la fièvre des
ivrognes. Demandez-le aux économistes ? Rien qu'en Prusse,
ils attribuent aux effets de l'alcool 200,000 pauvres et les neuf
dixièmes des accidents qui surviennent. Aux juges ? Ils comptent
que le quart des grands crimes et les deux tiers des autres délits
sont la suite de l'ivresse. Aux pasteurs? Ceux qui ont les yeux
ouverts gémissent, combattent et poussent le cri d'alarme.

En Suède, les ravages ont été plus anciens et plus considérables encore. Déjà en 1622, Gustave-Adolphe, justement effrayé des malheurs dont l'alcool menaçait son royaume, en interdit
la vente aux aubergistes et à tout marchand. Dès lors, à travers
des alternatives de défenses, de restrictions et de libre vente,
l'alcool a si complétement envahi tout le pays de Suède qu'on
n'y comptait naguère pas moins de 160,000 distilleries.

En France, où l'abondance et l'excellence des vins devraient
avoir suffi pour éloigner les spiritueux, un jeune médecin très
distingué écrivait naguère dans une thèse sur l'alcoolisme soutenue devant la faculté de médecine de Paris : « Qu'on examine
ce qui se passe en Suède. Il s'y fabrique annuellement, d'après
les chiffres les plus modérés, 200,000,000 de litres d'eau-de-vie.
Il y a en Suède trois millions d'habitants; admettons que 1,500,000
se livrent aux excès alcooliques, ils consomment de 80 à 100
litres d'alcool par personne. »

« Aussi la race dégénère, l'alcoolisme chronique y devient
chaque année plus fréquent, et une foule de maladies jusqu'alors
inconnues s'y développent avec une redoutable activité. »

« Qu'on y prenne garde : en France, nous courons sur la
même pente; en voici la preuve :

« La production de l'eau-de-vie était représentée en France
par les quantités ci-après :

« En 1788, elle s'élevait à   168,857 hectolitres.
« En 1828,   —   906,337   —
« En 1840,   —   1,088,802   — »

De 1842 à 1846, le professeur constate une consommation annuelle de 1,475,000 hectolitres; aussi n'a-t-il pas besoin de regarder plus loin que son pays pour découvrir « combien est active
l'influence des excès alcooliques, combien le vice de l'ivrognerie
atteint profondément les races, produisant comme résultat dans
la génération suivante, ces petits êtres rachitiques, scrofuleux,

au teint pâle, au squelette grêle, aux membres amaigris, qui peuplent les fabriques et les hôpitaux d'enfants, qui meurent en proportion énorme d'affections tuberculeuses, ou bien s'ils vivent, peuvent être rangés dans les trois catégories suivantes » :

1° *Enfants normalement développés, mais à système nerveux d'une sensibilité exagérée; intelligence précoce, mais s'arrêtant souvent dans son développement ultérieur;*

2° *Tendances mauvaises, aberration des sentiments affectifs, paresse, vagabondage; individus parmi lesquels se recrute la population la plus habituelle des maisons de détention;*

3° *Etres complétement dégénérés, épileptiques, imbécilles ou idiots.*

Ainsi l'ivrognerie ne se contente pas de « tuer moralement l'individu qu'elle dépouille de son intelligence, elle flétrit sa race. En France seulement, il y a plus de 100,000 individus exposés à engendrer des fous, des épileptiques, des imbécilles ou des idiots, parce qu'ils peuvent, sur le premier comptoir de marchand de vin, au coin de la première rue, boire jusqu'à l'abrutissement un poison dont l'effet se produira tôt ou tard et d'une manière fatale » (1).

Cela est vrai surtout de l'absinthe, « dont on consomme en France, au dire de M. Figuier (*Année scientifique*, 1862), des quantités énormes. Dans les grands centres de population, toutes les classes de la société ont pris la désastreuse habitude de cette boisson, et non contents de nous empoisonner chez nous, nous sommes allés porter dans l'Algérie ce meurtrier breuvage.

« Notre armée et nos colons d'Afrique font un déplorable abus du *poison vert*. Les dangers de l'absinthe prise à dose élevée, ou d'une manière habituelle, ne sont ignorés de personne, et pourtant le buveur y revient toujours, en obéissant à une attraction presque invincible. L'étrange et universelle fascination exercée par cette liqueur a quelque chose d'inexplicable et de fatal; elle rappelle ce qui se passe en Chine à l'égard de l'opium, et l'on pourrait dire que la liqueur d'absinthe est devenue l'opium de l'Occident. »

En Angleterre, on employa pour la première fois l'alcool

(1) M. Mottet, *Considérations générales sur l'alcoolisme, et plus particulièrement des effets toxiques produits sur l'homme par la liqueur d'absinthe.* Thèse, 1859, page 13.

comme une sorte de cordial pour les soldats dans les guerres contre les Pays-Bas, en 1581.

Un acte du parlement en ayant autorisé et recommandé l'usage pour l'encouragement de la distillation, le peuple anglais s'y accoutuma avec une sorte de fureur. « L'intempérance, dit l'historien Smolett, était portée à un tel point que les détaillants de cette composition empoisonnée mettaient des enseignes pour annoncer au public qu'on pouvait s'enivrer pour la modique somme d'un penny (deux sous) et qu'il n'en coûtait que quatre sous pour devenir mort-ivre, et pour avoir par-dessus le marché de la paille jusqu'à ce qu'on fût dégrisé. »

La législation, qui avait sans le savoir provoqué ces excès, dut intervenir, sinon pour les détruire absolument, du moins pour les diminuer. Grâce aux restrictions qu'apporta le gouvernement à la vente du gin de 1751 à 1827, la bière redevint la boisson favorite des Anglais peu aisés. Mais aussitôt que les restrictions furent levées, il y a trente-cinq ans, le goût du gin se répandit avec la rapidité de l'éclair, et au bout de deux ans la consommation de ce liquide avait déjà augmenté de 54,000,000 de litres. D'après les documents soumis à l'examen du parlement anglais, la consommation annuelle de l'alcool s'élève dans ce pays à plus de 180,000,000 de litres. Les seuls habitants de Londres dépensent chaque année en liqueurs fortes 75,000,000 de francs ; ceux de Manchester, 25,000,000 ; ceux de Glascow, 30,000,000. A Edimbourg, on ne compte pas moins de mille vendages, dont cent dans une seule rue. Tout cela pour fournir au pays les deux tiers de ses pauvres, les trois quarts de ses criminels, dans certains endroits les quatre cinquièmes de ses repris de justice, en d'autres encore les quatre-vingt-dix-neuf centièmes. C'est la déclaration d'un juge. Selon l'évêque de Londres, sur 1,271 aliénés de cette cité, 649 le sont devenus par l'abus de l'alcool.

En Amérique, où le mal et le bien marchent à la vapeur, et ne savent guère s'arrêter en chemin, l'alcool a pu produire ses fruits plus que partout ailleurs. La funeste erreur qu'il est utile même à l'homme en santé, n'y fut répandue dans la masse du peuple qu'après la révolution américaine. Durant cette grande lutte qui donna naissance à une nation, le gouvernement, dans le but de mettre l'armée à même de supporter les fatigues sans nombre auxquelles elle était exposée, ordonna qu'il fût distribué journellement aux soldats une ration de spiritueux. Cette mesure, inspirée par un patriotisme qui partageait l'erreur alors commune, eut la conséquence que l'on devait naturellement en attendre; un grand nombre de militaires contractèrent la passion funeste que crée ce poison, et à la fin de la guerre, ils en portèrent le goût dans la société. Aucun pays ne pouvait le satisfaire plus facilement que les Etats-Unis; le voisinage des Antilles, d'où l'on finit par tirer annuellement 45,000,000 de litres de liqueurs fortes au moyen d'échanges; l'absence de taxe, et puis cette abondance de seigle et de maïs, dont on fabrique le whiskey dans l'intérieur du pays, l'ont fait descendre parfois jusqu'à 25 cents le gallon, un peu moins de 30 centimes le litre.

Il a été estimé qu'en 1828 la consommation annuelle s'élevait à 60, d'autres disent 72,000,000 de gallons. Le gallon équivaut à un peu plus de 4 litres et demi. La population des Etats-Unis s'élevait alors à 12,000,000 d'habitants, ce qui donnerait, selon le calcul le plus élevé, 27 litres par tête. L'intempérance, le front levé, parcourait le pays, et chaque année les victimes tombaient par milliers. Puisqu'en cette matière les chiffres parlent plus éloquemment que tous les discours possibles, qu'il me soit permis de rapporter ici la statistique dressée avant 1827, par M. Cranch, célèbre par ses connaissances légales, et juge de l'une des cours de district des Etats-Unis. Il est peu de pages aussi effrayantes dans l'histoire des nations : « 1°, dit-il, la consommation annuelle des liqueurs spiritueuses aux Etats-Unis (avant 1827) était de 72,000,000 de gallons, qui doivent avoir coûté aux consommateurs 48,000,000 de dollars. 2° On peut évaluer le nombre des ivrognes à 375,000, et l'on ne nous accusera pas d'exagération si nous disons qu'au moins 100 jours de leur travail sont perdus annuellement pour l'Etat; en n'estimant le prix de chaque journée qu'à 40 cents, nous avons donc une somme de 5,000,000 de dollars.

« 3° Il meurt annuellement 37,500 ivrognes, dont la vie est abrégée par l'intempérance de dix années, terme moyen; la perte qui en résulte pour l'Etat, en évaluant le prix de leur travail, s'ils eussent été sobres, à 50 dollars par an au delà de leurs frais de nourriture, se monte à 13,150,000 dollars.

« 4° Les frais de justice criminelle se montent à environ 7 ou 8,000,000 de dollars par an; or, comme il est constaté que l'ivrognerie produit les trois quarts des criminels, il faut mettre environ 6,000,000 de dollars à la charge de l'intempérance.

« 5° Il est avéré que la proportion des pauvres provenant de l'usage des boissons spiritueuses est la même que celle des crimes ; les trois quarts de la somme que leur entretien coûte à l'Etat, 2,850,000 dollars, doivent donc être encore portés sur le compte de l'intempérance.

« 6° Le montant des charités particulières faites annuellement aux pauvres qui le sont devenus par la même cause, peut être estimée à la même somme de 2,850,000 dollars.

« 7° Il y a environ 12,000 criminels renfermés dans les prisons des Etats-Unis ; les trois quarts de leur travail habituel produiraient un bénéfice de 450,000 dollars. »

Ces différentes sommes additionnées ensemble forment un total d'environ 94,495,000 dollars, plus de 500,000,000 de francs, chiffre représentant la perte annuelle qui résulte pour le pays de l'usage des liqueurs fortes.

Et que serait-ce, Messieurs, s'il fallait énumérer les autres pertes qui naissent de celle-là !

Mais voilà suffisamment de fruits, et de fruits empoisonnés pour nous mettre en mesure de juger de l'arbre, sans même qu'il soit nécessaire d'ajouter aux statistiques précédentes celles de la Hollande, de la Belgique, de la Russie et de la Chine. En présence de tels faits, je n'ose même plus vous adresser la question par laquelle nous avons commencé ; il me semblerait faire injure à votre bon sens que de vous demander maintenant si l'alcool est un poison. « Dans tous les cas, répondez-vous, s'il n'est pas un poison, il est quelque chose de pire. »

S'il produisait chez nous les ravages que nous venons de signaler en d'autres pays, vous seriez les premiers à pousser le cri d'alarme. Mais, béni soit Dieu, dites-vous, nous ne sommes point arrivés à cet excès de dégradation. Oui, béni soit le Dieu de notre chère patrie, grâce au vin qu'il nous donne pour réjouir le cœur de l'homme et fortifier son corps sans l'user et le tuer, grâce surtout à la puissance que les vertus chrétiennes exercent encore sur un grand nombre de nos concitoyens, nous ne sommes pas arrivés au degré d'avilissement et de malheur où l'alcool a conduit l'Amérique, l'Angleterre et la Suède.

Nous n'y sommes pas arrivés, mais qui dira que nous n'y allons pas, Messieurs et chers concitoyens ; qui pourrait même nier qu'en tels cantons de notre Suisse, on ne s'y précipite avec aveuglement ?

Le président d'un tribunal bernois publiait naguère des données historiques et statistiques du plus triste intérêt sur l'envahissement des liqueurs fortes dans le premier canton de la confédération, il en résulte qu'en 1860, on y a consommé une quantité d'eau-de-vie vingt-cinq fois plus considérable qu'en 1811, sans compter le produit de la fabrication indigène, qui était encore nul il y a un demi-siècle.

Il s'importe de l'étranger peu d'eau-de-vie proprement dite, la masse des spiritueux importés se compose d'*esprit de vin ;* on peut admettre que sur 759,778 pots de spiritueux étrangers importés en 1860, il y avait au moins 700,000 pots d'esprit de vin, au moyen desquels on a fabriqué 1,500,000 pots d'eau-de-vie. En évaluant de trois à quatre cent mille pots le produit de la fabrication indigène, et ce qui est introduit par contrebande, et en y ajoutant les 1,500,000 pots ci-dessus, on arrive à une consommation totale de 2,000,000 de pots d'eau-de-vie par année.

« Est-il étonnant, dès lors, ajoute le sérieux auteur de cette statistique, que l'indigence, la misère, les crimes et les vices des classes de la population adonnées à l'eau de vie, entraînent toutes les années, pour l'Etat, des sacrifices plus considérables ? »

Dans le canton des Grisons, on évalue à 439,000 pots la quantité de spiritueux consommés en 1861. Ce chiffre, réparti sur la population, donne 5 pots par tête. Et l'on rencontre dans la basse Engadine des individus qui boivent jusqu'à un pot d'eau-de-vie par jour.

A Genève, la consommation de l'eau-de-vie a augmenté des deux tiers depuis vingt ans.

Et voilà deux années de suite qu'à Soleure l'autorité militaire se voit contrainte d'accorder le plus d'exemptions dans les districts qui se sont accoutumés à l'usage de l'eau-de-vie.

Sans même sortir de notre petit canton, voyez, Messieurs, la transformation qu'il a déjà subie.

Telle paroisse, où l'on montrait du doigt, il y a vingt-cinq ans, un homme qui buvait de l'eau-de-vie, en consomme maintenant une quantité considérable, et la boit comme de l'eau. Là où les aubergistes se seraient crus déshonorés de débiter de cette drogue, on en trouve qui ne vendent plus guère que cela. D'abord, les pauvres et les buveurs de profession ont commencé par en demander, et maintenant on voit des hommes aisés et jusqu'aux riches paysans qui s'accoutument à cette nouvelle mode. Exprimez-leur votre surprise en disant : « Comment faites-vous donc (je cite textuellement le fragment d'une conversation tenue dans l'une de nos meilleures auberges), comment faites-vous donc, vous les rentiers de l'endroit, de recourir à cette liqueur plutôt que de vous accorder une bouteille de bon vin? » Ils vous répondent : « Que voulez-vous, c'est l'habitude, on passe ainsi le temps. » C'est l'habitude! En moins de vingt-cinq ans, elle a pu naître, s'affermir et régner assez généralement dans plusieurs paroisses. N'est-ce pas marcher à pas de géant? Il nous reste heureusement des aubergistes qui tiennent à honneur d'éloigner ce breuvage de leurs caves, et de dessus leurs tables ces petits verres dont on a honte. Mais pour quelques hôtels dignes de notre estime, et dont nous sommes heureux de bénir l'existence, combien d'établissements où l'on ne respire guère que l'infection des liqueurs fortes, et dont les tenanciers répètent comme de concert ce mot de l'un d'entre eux. *Il n'y a plus à gagner qu'avec l'eau-de-vie.* Si de la pinte, je passe à l'épicerie, quel progrès aussi, quelle nouveauté! Autrefois, on y venait acheter le café, le sel, les provisions de ménage, et maintenant qu'y vois-je outre ces choses? Un tonneau, oui, le tonneau des liqueurs fortes à l'épicerie!... Et ce n'est pas l'article qui se débite le moins. Les hommes, les femmes et jusqu'aux enfants viennent s'y approvisionner. Dans l'espace d'une seule heure, un de mes amis a vu délivrer, dans le magasin d'un village de nos vallons, jusqu'à 63 bouteilles ou quarts de pot de ce spiritueux; il s'imaginait d'abord qu'il s'agissait d'huile ou de vinaigre, car les acheteuses (des femmes et des jeunes filles) s'approchaient sans mot dire, puis, tirant chacune de dessous son tablier la certaine bouteille, elles la tendaient à l'épicier sans désigner l'article demandé! Et pourtant on ne devrait point oser boire une chose dont on n'ose pas dire le nom!

Encore y a-t-il moins de mal à l'emporter de l'épicerie qu'à la consommer sur place, comme il m'est arrivé de le voir de mes yeux.

Au reste, ce n'est pas seulement au cabaret et à l'épicerie qu'on rencontre, qu'on fabrique la liqueur forte; elle a trouvé sa place dans la cave de maints propriétaires. Je crois n'être pas trop charitable en supposant qu'ils n'y voient et n'y mettent point de mal. La dureté des temps, la cherté du vin et la supposition que l'alcool est un cordial bienfaisant, les ont conduits facilement à l'employer comme aliment dans les petits repas de la matinée et de l'après-midi. « Ils ne savent ce qu'ils font. » C'est, nous semble-t-il, ce qu'on peut dire de plus vrai, et pour les excuser, et pour dépeindre leur péril. Je dis leur péril, car outre que l'usage quotidien entraîne facilement l'abus des spiritueux, et que les femmes et les enfants ont ainsi l'occasion de s'y accoutumer, il est démontré que l'alcool pris avec modération et avec continuité est, dans les mains de la génération actuelle, la plus subtile manière d'empoisonner d'avance les générations futures. Vous aurez beau vous modérer dans l'usage de l'alcool, vos enfants n'en hériteront pas moins de vous mille germes de maladie, de corruption ; hélas ! la passion contenue chez leurs pères ne le sera plus chez eux. Telle est, du moins, l'observation qu'on a faite en des milliers de familles.

« Ce qui n'est pas fatal pour le père peut être fatal pour les enfants. Vous produirez aujourd'hui une vive impression, disait-on à un prédicateur de la tempérance au moment où il allait prononcer son discours dans une réunion, car nous venons d'enterrer un jeune homme qui s'est tué par l'abus de la boisson. C'était le fils d'un honnête artisan qui, père de deux garçons, les avait pris en apprentissage dès l'âge de quatorze ans. Il buvait des liqueurs fortes deux ou trois fois par jour ; ses enfants firent de même, et avant d'avoir atteint leur dix-neuvième année, tous deux étaient ivrognes ; l'aîné, après avoir langui jusqu'à vingt-trois ans, vient de mourir ; le cadet n'atteindra pas cet âge, car il s'avance rapidement vers le tombeau. Le père résiste au mal, mais les fils en sont victimes. » Et les petits-fils, et les arrière-petits-fils ?... s'il y en a, hélas ! Un savant Allemand a calculé, au vu de statistiques exactes, qu'il naît les deux tiers moins d'enfants dans les familles d'ivrognes que dans celles où règne la tempérance. Les premières s'éteignent d'ailleurs au bout de quelques générations, et s'éteignent dans la douleur autant que dans l'ignominie, les enfants n'héritant de leurs pères qu'un sang corrompu, fécond en scrofules et en mille misères. Oui, c'est ici une chose bien grave, on ne saurait assez le redire aux buveurs modérés ; c'est une question de vie ou de mort pour l'avenir de vos enfants.

Et que parlé-je de l'avenir ? Le présent, même chez nous, n'est déjà que bien trop instructif. J'ai signalé les malheurs que les buveurs modérés préparent au corps et à l'âme de leurs enfants. Que serait-ce s'il fallait dire ceux que les ivrognes procurent dès maintenant aux infortunés qui leur doivent le jour? Il y a douze ans qu'une épidémie sévissait dans l'une de nos communes ; elle atteignait principalement le premier âge ; elle emportait surtout les enfants des ivrognes. Une famille dégradée par ce vice en enterra jusqu'à cinq coup sur coup. On rentrait du cimetière pour fermer les yeux à une nouvelle victime. Le pasteur, poussé auprès d'eux pour leur offrir les consolations de son ministère, tremblait en son cœur, me disait-il, et se demandait par quelles paroles il banderait de telles plaies. Arrivé dans cet intérieur, il trouve père et mère si peu affligés, si insensibles, si stupides, qu'il aurait fallu commencer par leur donner de la douleur pour avoir l'occasion de les consoler. L'usage de l'alcool, qui leur avait enlevé leurs enfants, leur ôtait à eux-mêmes jusqu'à la faculté de souffrir de leurs deuils. Ils n'avaient plus les sentiments naturels. Il est vrai qu'ils avaient la coutume de déjeuner, eux et leurs enfants, autour d'un vase rempli de morceaux de pain baignés dans la liqueur.

Il en coûte à notre cœur, j'allais dire, à notre pudeur de signaler ces choses criantes. Mais qui donc poussera le cri d'alarme, sinon les conducteurs spirituels? Ne sont-ils pas placés mieux que bien d'autres pour voir de près les ravages de l'alcool, ce meurtrier des âmes et du bonheur domestique? N'est-ce pas eux qu'appelle l'épouse désespérée par les odieux traitements d'un mari abruti, eux, eux seuls peut-être qu'ose prendre pour confident un mari dévoré d'amertume par suite de la conduite d'une femme intempérante ; ne sont-ce pas eux qui pleurent avec les malheureux une fois ruinés par leurs excès; eux qui doivent parler sur la tombe de ceux que l'alcool a tués, tantôt subitement, tantôt par un suicide lent, tantôt par le suicide proprement dit; eux qui doivent enterrer les enfants nés de parents trop saturés d'alcool pour leur assurer une existence durable?

S'il faut un autre témoignage pour confirmer ces faits déjà fréquents au milieu de nous, adressez-vous à nos médecins. Ils les sanctionneront par des détails dont les oreilles vous tintent quand on les a ouïs.

C'est éclairé par eux en même temps qu'effrayé par nos observations personnelles que nous avons été conduit à poser devant vous cette sérieuse question : *Est-ce un poison que l'alcool?*

Pour y répondre en connaissance de cause, après avoir considéré avec horreur les dommages qu'il a causés aux nations modernes, voyons maintenant la répulsion bientôt universelle dont il est devenu l'objet.

C'est dans le nouveau monde, là où le mal était le plus grave que le combat s'est tout d'abord engagé contre les boissons spiritueuses.

Bien que le peuple ignorât l'étendue du mal, ou ne fut pas disposé à faire le moindre effort pour en arrêter le cours, les hommes éclairés et les gens de bien s'en affligeaient profondément, et se demandaient : Qu'y a-t-il à faire?

Sur la proposition d'un médecin du Massachussets, l'on fonda dans ce pays en 1813 une société qui se donna pour mission de mettre un terme aux malheurs du pays en prêchant *la modération dans l'usage des boissons enivrantes*. Cette société subsista quatorze années, mais avec peu de résultats, chaque buveur se persuadant et s'efforçant de convaincre autrui qu'il buvait modérément.

En 1826, il se forma enfin une société fondée sur *l'abstention complète des boissons enivrantes*. Et voici quelle en fut, sinon l'origine, qu'il faut chercher plus haut, du moins l'occasion. Le pasteur de Hannover comptait dans sa paroisse un grand nombre d'ivrognes dont l'un tomba au milieu de son ivresse sous les roues de son char, et fut écrasé misérablement. Le pasteur dut faire son oraison funèbre. L'autre, chargé de garder une mine de charbon, ayant bu avec excès, s'endormit sur de la paille qui prit feu; il fut consumé dans les flammes. Dans le discours qu'il fut appelé à faire à cette nouvelle et triste occasion, le prédicateur exprima, comme en passant, la pensée que l'abstention complète de liqueurs spiritueuses pourrait seule guérir le pays du fléau de l'intempérance. La paroisse, profondément affectée par ces événements et la part qu'y prenait son conducteur spirituel, suivit à la lettre le conseil de ce dernier, et s'engagea à tenter tout au moins un essai. Il fut convenu qu'on essayerait de passer la saison la plus pénible de l'année, la moisson, sans user d'aucune liqueur. La réussite donnant courage, l'essai se prolongea six mois, puis un an. Tous, même ceux qui avaient commencé par se moquer, se trouvant beaucoup mieux dans tout leur être, fondèrent définitivement une association sur le principe de l'abstention complète. L'auteur, ou plutôt l'instrument

de toute cette œuvre, le jeune pasteur Edward, la fit connaître
à ses confrères, et devint ainsi l'instigateur de toutes les sociétés
analogues fondées en Amérique. Il en fut de ce mouvement
comme des triomphes de l'Evangile et de toutes les grandes œuvres du Seigneur dans l'histoire des nations ; à l'heure marquée
d'avance par le Roi des siècles, elles éclatent, n'importe par quel
moyen, et l'on ne saurait pas plus arrêter leur développement
que retenir le vent avec la main.

Une multitude de circonstances providentielles se trouvèrent
prêtes à seconder le mouvement parti de Hannover ; les médecins,
surtout, s'attachèrent à prouver que les liqueurs spiritueuses,
même en petite quantité, sont pour les hommes valides d'un
effet délétère, « qu'elles produisent la faiblesse et non la force,
la mort et non la vie. »

De tous côtés s'élevaient des champions en faveur de la nouvelle doctrine. Elle fut enfin comme arborée sur le drapeau national par la fondation d'une *société de tempérance américaine*, qui devint à son tour la mère d'une foule d'autres. A la
fin de 1829, elle avait le bonheur de compter ses filles au nombre de 1,000 ; au mois de mai 1831, elle en avait 2,200 ; en 1835,
8,000 ! Plus tard, on cesse de les compter, et déjà en 1840, l'on
évaluait à près de trois millions les personnes qui se soumet-
taient à l'abstention. Il va sans dire que le combat fut rude, et
parfois bien amer ; mais « qui es-tu, grande montagne, devant
Zorobabel ? — Une plaine ! » C'est ainsi qu'il en est de toutes
les œuvres aux petits commencements desquelles le Seigneur a
présidé.

Au reste pour les sociétés de tempérance, subsister, c'était
vaincre. La prospérité de leurs membres ne pouvait plus laisser
de doute sur l'inutilité du whiskey. Ces preuves vivantes allaient
se multipliant avec une rapidité tout imprévue, et devenaient
pour le pays entier une cause d'étonnement. Le temps ne me
permettant pas de longs développements, je recours encore à
l'éloquence des chiffres. En 1836 déjà, 4,000 distilleries avaient
été fermées, plus de 8,000 marchands avaient abandonné le
commerce des spiritueux. Le nombre des vaisseaux qui suivaient
la loi de tempérance s'élevait à 1,200. Et l'on comptait plus de
12,000 individus qui, naguère plongés dans l'ivrognerie, ne bu-
vaient plus aucune liqueur enivrante. Quant aux effets pratiques,
ici les habitants d'une commune économisaient sur le whiskey

dans une année 8,000 dollars ; là ceux d'un autre Etat formaient un fonds de 100,000 dollars. Plus loin, la mortalité précédemment de 24 1/2 pour 100, était descendue à 17 1/2. Dans le même endroit la vente des liqueurs avait été réduite de 6,000 gallons à 600. Bien que la population des Etats-Unis eût augmenté de 2,000,000 d'habitants depuis la fondation des sociétés de tempérance, en 1835, la vente des liqueurs avait diminué des 2/3 dans six Etats de l'Est, et de plus de la moitié dans tous les autres.

Un célèbre médecin du Massachussets écrit : « Depuis que la population de cet Etat a renoncé presque généralement à l'usage des spiritueux, le nombre des malades a diminué de moitié, et je ne mets nullement en doute qu'il n'en soit de même partout où l'on adoptera le principe de l'abstention. »

Si telles étaient les observations des médecins, quelles ne devaient pas être celles des départements de police, des juges, des geôliers, des chefs militaires, des conducteurs spirituels et des administrations de charité !

Mais j'abrége et laisse à votre imagination le soin de vous représenter les innombrables avantages sociaux, temporels et spirituels qui naquirent de ce grand mouvement. « Les mœurs se transformèrent, le ton de la vie publique fut lui-même changé, » dit un auteur américain. L'immense majorité des hommes influents et distingués par leur savoir et leurs talents, jurisconsultes, médecins, hommes de lettres, etc., pratiquent le principe de l'abstinence, et sont au premier rang parmi les partisans des sociétés de tempérance.

L'élan communiqué au pays tout entier par cette glorieuse réforme a gagné jusqu'aux Etats eux-mêmes ; déjà en 1835, ils avaient fondé 23 *sociétés d'état,* avec mission de créer dans chaque ville et dans chaque commune une société de tempérance. Enfin, et c'est ici le plus remarquable triomphe que nous ayons à rapporter, le 2 juin 1851, un Etat de l'Amérique du Nord, le Maine introduisait dans sa législation la loi de tempérance, et bannissait du commerce tous les spiritueux, n'en permettant la vente que dans les pharmacies et comme remède seulement.

Six mois après, il adressait au Massachussets l'invitation d'en faire autant. C'était une dépêche télégraphique ainsi conçue : « La fille du Maine fait prier sa mère de Massachussets de fermer l'armoire de l'eau-de-vie. » Et la mère, en effet, ne demeurait pas oisive, car dans le même instant un immense traîneau portant une pétition monstre de 130,000 signatures s'avançait à travers les rues de Boston, jusqu'à la salle du grand conseil. Devant le traîneau, on portait un drapeau avec cette devise : *La voix du Massachussets.* 130,000 citoyens demandant la loi de tempérance publiée au Maine ! — Jamais encore, pour aucun autre objet, l'on n'avait vu de pétition couverte de si nombreuses signatures. La demande fut prise en considération !

Dans le même temps, tous les amis de la tempérance dans l'Etat de New-York assemblés à Albany, s'engageaient à ne nommer aux emplois publics que des hommes décidés à voter pour leur pays la loi du Maine. Après cela, ils se rendaient au Capitole, en magnifique cortége ; au milieu s'avançait un traîneau portant une pétition de 300,000 signatures.

L'opposition que ces démarches hardies suscita de toute part ne fit que rendre plus éclatante la victoire qui les a couronnées. Si nous sommes bien informés, huit Etats ont maintenant proclamé la loi de tempérance dans l'Amérique du Nord.

Et l'on peut dire de tous, du plus au moins ce qu'écrivait un spirituel auteur dans un journal de New-York : « Je reviens du Maine, j'ai visité avec admiration cet hôpital d'un nouveau genre pour les ivrognes désireux de la guérison. Il est plus grand que le palais de cristal, il a 75 lieues de long, 65 de large, et s'élève jusqu'au ciel. On s'y promène parmi de vastes forêts, de riantes campagnes, de beaux jardins bien arrosés. Les malheureux ivrognes peuvent s'y distraire innocemment et en toute sûreté, avec l'espoir d'un prompt rétablissement. Si quelque habitant du Nord avait un fils ivrogne, je l'engagerais à l'envoyer au Maine. Si notre commune voulait y transporter les ivrognes qui l'affligent et les y entretenir l'espace d'un an, elle ferait une belle économie et se procurerait d'excellents citoyens. »

Heureux pays que celui où l'on respire une atmosphère si pure ! — Et plus heureux encore, quand, de ce baptême de sang où nous le voyons plongé, il sortira purifié du crime de l'esclavage !

Loué soit Dieu, le souffle réformateur s'est fait sentir en d'autres contrées encore ! Déjà, en 1833, un Américain pouvait écrire avec de réjouissantes espérances : « En Angleterre, en Irlande et en Ecosse, en Suède, en Danemark et en Russie, en Allemagne, dans l'Inde et en Chine, en Afrique et dans un bon nombre d'îles,

les hommes secouent enfin le sommeil de tant de siècles et suivent aujourd'hui notre exemple. Ils tournent vers nous leurs regards, ils semblent nous prier d'être leurs guides, ils reconnaissent l'obligation qu'ils nous ont, de ce que nous leur avons ouvert la carrière, et ils nous crient d'y marcher d'un pas ferme. »

L'Irlande fut la première à obéir au signal donné par le Nouveau-Monde pour engager contre l'alcool une croisade universelle. En 1829, il se fonda, à New-Ross, une société de tempérance, qui dès lors en a vu naître une multitude. Les prédications du célèbre et noble père Matthieu ont puissamment contribué à leur propagation, et le réveil religieux des dernières années a, dans certains districts, atteint une foule d'ivrognes, et fait tomber non moins d'abus ; dans une seule ville, où les marchands faisaient au marché du samedi pour 10,000 fr. d'affaires d'alcool, le marché a dû cesser faute d'acheteurs.

En Angleterre et dans le pays de Galles, les partisans de la tempérance se sont partagés en deux classes ; les uns s'accordent les boissons fermentées, telles que le vin et la bière, et ne s'abstiennent que des liqueurs distillées ; les seconds, comme les Américains, s'interdisent absolument toute boisson enivrante. Cela s'explique facilement en Amérique où la plus grande partie du vin se fabrique chez le marchand plutôt que de croître à la vigne et de fermenter à la cave. Les marchands eux-mêmes n'en font pas un secret. L'un d'eux, entre autres, racontait qu'un agriculteur lui ayant amené le soir un tonneau de whiskey avec l'intention d'emmener le lendemain un chargement de vin, emmena simplement la liqueur livrée la veille, et dont à l'insu du pauvre homme on avait fait pendant la nuit tout un chargement de vin. L'on sait en outre que certaines Églises ayant des craintes fondées de distribuer de l'alcool à la communion, sont réduites à faire examiner préalablement par le chimiste le vin qu'elles y emploient.

L'Angleterre déjà plus rapprochée des vignobles européens pouvait, à cet égard, penser différemment que les Etats-Unis. Les deux espèces de sociétés fondées l'une sur le principe de l'abstention des liqueurs distillées seulement, l'autre sur le principe de l'abstention absolue de toute liqueur enivrante, savent d'ailleurs travailler de concert et trouvent de l'écho. Dans un meeting convoqué par 20,000 membres de sociétés de tempérance on a vu des centaines de milliers d'auditeurs écouter leurs exhortations sur l'une des places publiques de Londres.

La reine protége très efficacement ce mouvement de réforme, et sept médecins de la cour avec le médecin en chef de la marine royale, le directeur du collége de médecine royale ; M. Carpenter, professeur de physiologie, et 1,800 autres docteurs ont officiellement déclaré que l'usage des boissons alcooliques est inutile à l'homme et le prédispose à une foule de maladies.

En Suède un véritable mouvement populaire s'est fait jour contre cet ennemi, des pétitions nombreuses ont été envoyées et au gouvernement et aux chambres ; on a même vu l'insurrection s'attaquer aux distilleries dans un moment d'effervescence. La populace s'est jetée sur ces fabriques, afin d'y mettre le feu en s'écriant : « On ne cuira plus la soupe du diable ! » L'incendie a été prévenu par la force des armes et la persuasion. Plus efficace que ce zèle imprudent, l'action calme et progressive des sociétés de tempérance, soutenue par la famille royale et puissamment secondée par le réveil religieux des dernières années, est parvenue à détruire déjà 40,000 distilleries.

Le roi Oscar a déclaré publiquement qu'il donnerait le plus beau fleuron de sa couronne pour délivrer son royaume du fléau de l'alcool.

En Allemagne, le roi Frédéric-Guillaume IV a dit pareillement qu'il envisagerait comme l'une des plus grandes bénédictions de son règne la réduction à *zéro* de l'impôt sur les spiritueux ; et vous savez qu'il s'élève dans ses Etats à 23,000,000 de francs. Hélas ! au lieu de se réduire à rien, il s'est élevé d'un million de thalers depuis 1848. Ce n'est pas que les partisans de la tempérance, déjà en 1845, au nombre de plus d'un million dans le Zollverein, ne luttent avec zèle contre le fléau. Mais jusqu'ici leurs conquêtes sont plus individuelles que générales, et qu'est-ce que la conversion de quelques centaines d'ivrognes pour faire sensation parmi 45,000,000 d'habitants. Il est pourtant certaines provinces où les progrès de la tempérance ont déjà diminué sensiblement le revenu de l'impôt sur les liqueurs, et augmentent d'autant la prospérité publique.

En France la lutte paraît s'engager essentiellement contre la liqueur d'absinthe ; les docteurs, et à leur tête la Faculté de médecine de Paris, y déploient une noble ardeur. L'un d'eux raconte qu'en 1840 une sorte d'épidémie sévissait sur le 1er régiment de dragons. Une enquête révéla dans l'absinthe des cantines la présence du *vitriol bleu*. Quelques jours après, et en présence de la troupe, les fûts d'absinthe saisis dans les cantines furent défoncés, et l'on jeta au ruisseau l'*infusion de gros sous*, comme l'appelaient les dragons. Inutile d'ajouter qu'après cela les soldats recouvrèrent la santé.

Au reste, ajoute M. Figuier, dans l'*Année scientifique de* 1862, « il n'est point nécessaire d'invoquer la moindre adultération de cette liqueur pour expliquer l'action funeste qu'elle doit exercer sur l'économie animale. Composée de plantes à propriété irritante, ayant pour véhicule des alcools très concentrés, la liqueur d'absinthe agit directement sur le système nerveux à un degré beaucoup plus prononcé que tous les autres alcooliques. Il faut considérer, en outre, que les plantes qui servent à obtenir la liqueur d'absinthe fournissent par la distillation diverses huiles volatiles, et que d'ailleurs, pour augmenter encore sa richesse en huiles essentielles, on y ajoute un gramme par litre d'huile essentielle d'anis. Le dépôt blanchâtre qui se précipite quand on ajoute de l'eau à l'absinthe suivant la forme et avec les précautions recommandées par les buveurs émérites, n'est autre chose que ces huiles essentielles d'anis, d'absinthe, d'angélique, etc.

« Or, les huiles volatiles figurent au rang des poisons les plus violents que l'on connaisse. »

A ces paroles d'un maître dans la science, nous croyons devoir ajouter celles d'un autre maître encore; M. Moreau, dans un mémoire plein d'intérêt sur l'empoisonnement de la liqueur d'absinthe, nous rend attentifs au phénomène suivant :

« Le buveur émérite et sensuel ne verse pas l'eau brutalement sur la teinture d'absinthe que contient son verre; non, il sait bien qu'en agissant ainsi, il se préparerait une boisson qui ne posséderait qu'à un faible degré les propriétés stimulantes et stomachiques qu'il recherche; il verse l'eau lentement, goutte à goutte, par petites secousses, de façon à *étonner* (mot technique) son absinthe; il obtient ainsi un liquide verdâtre trouble, tandis que, dans le premier cas, il n'aurait eu qu'une émulsion imparfaite et un liquide opalin presque transparent. Il vient de faire son absinthe.

« Comme saveur, en effet, ces deux liquides sont bien différents : le premier est fade, douceâtre et presque inoffensif, du moins quant à l'ivresse ; le second, au contraire, est aromatisé à un degré plus élevé et doué des qualités nécessaires pour jeter sur le carreau l'imprudent qui le boirait sans mesure. Il semble, dans un cas, que l'eau et la liqueur se soient mêlés sans se combiner ; dans l'autre au contraire, la division des molécules et l'union de l'alcool et de l'eau semblent parfaites; par conséquent l'action de la boisson est plus sûre et son absorption plus complète. Ce fait vient donner une nouvelle force à cet axiome thérapeutique, que plus un corps est divisé, plus il est facilement absorbé. (1) »

Il semble donc que les buveurs d'absinthe aient pris conseil de l'empoisonneur pour préparer leur drogue de manière qu'elle envahisse tous les organes le plus rapidement et y sévisse avec le plus d'intensité possible. Quoi qu'il en soit, ils ne pourront constater avec nous, 1º que cette liqueur contient de l'alcool concentré au plus haut degré (du 60e au 72e, tandis que dans l'eau-de-vie, il n'est guère qu'au 49e); 2º qu'à cet alcool très concentré s'ajoutent diverses huiles essentielles; 3º enfin, que ces derniers poisons deviennent plus actifs par leur combinaison avec l'eau, sans convenir que la meilleure, la plus pure des absinthes n'est en définitive que *la plus forte des liqueurs fortes, le plus meurtrier des spiritueux.*

Qu'ils étaient loin de lui supposer de telles vertus ceux qui les premiers préparèrent de l'absinthe sur une simple recette domestique, et crurent doter le monde d'un excellent stomachique en la livrant au commerce. Pour démontrer l'innocence de leur intention, n'oublions pas qu'elle reçut les encouragements du premier et même du seul docteur qui, dans notre patrie, ait combattu l'alcoolisme par une publication.

Mais aujourd'hui que la liqueur d'absinthe a eu le temps de manifester sa vertu, et que la science a parlé, tous sont contraints de s'écrier : *La mort est dans la chaudière!*

Déjà on l'a bannie de la marine française. Déjà on l'a éloignée plusieurs fois de l'armée d'Afrique, où elle avait tué plus de soldats que les balles d'Ab-del-Kader, ainsi que l'observait la feuille commerciale de Cette.

Déjà l'autorité militaire en a interdit le débit dans les cantines de la garnison de Paris.

Déjà le Sénat a été saisi d'une demande *à fin d'interdiction de l'absinthe en France.*

Cette pétition, appuyée en plein Sénat par un chimiste très

---

(1) *Journal de médecine et de chirurgie.* Février 1863, page 154.

distingué, a été prise en considération et renvoyée à l'examen du ministre de l'intérieur.

En Suisse, depuis que Zschokke a mis un jour sa plume au service de cette cause, on n'a pu fermer les yeux sur les progrès de l'alcoolisme.

On nous écrit de Berne que les docteurs de ce canton se sont plus d'une fois préoccupés des ravages de l'eau-de-vie. On sait la noble ardeur avec laquelle s'est exprimé sur ce sujet le bien-heureux Guggenbühl, l'ancien directeur de l'Abendberg. « Le remède à cette peste morale, ce serait, affirmait-il entre autres, la répression totale de cette fabrication, et la défense d'en vendre, de par la loi. » La vivacité de ces paroles s'explique facilement dans la bouche du directeur d'un établissement pour les crétins et les idiots.

Pour combattre à son tour l'envahissement de l'eau-de-vie, la société économique de Berne vient de mettre au concours un ouvrage sur *la composition du cidre*, et un autre sur *le moyen que pourrait employer la législation pour remédier à l'abus de l'eau-de-vie*, etc.

A Lausanne et à Genève les sociétés d'utilité publique essayent d'éclairer les populations.

Bien que le succès se fasse attendre, il aura son jour sous le ciel de notre belle patrie, tout comme ailleurs, car le signal est donné d'en haut, et la réforme s'étend graduellement sur tous les pays ravagés par l'alcool. Il n'est pas jusqu'aux païens d'hier qui, chrétiens aujourd'hui, ne nous envoient des encouragements: Dans le sud de l'Afrique, le roi des Bassoutos a autorisé chacun de ses sujets à percer le tonneau de quiconque introduirait dans ses frontières des liqueurs spiritueuses. Aux îles Sandwich, les 35,000 habitants de l'île Mawi ne boivent pas une seule goutte d'alcool du commencement à la fin de l'année, et le gouverneur d'Honolulu, une autre de ces îles, prié par des marchands de permettre la vente des liqueurs, sinon aux insulaires, du moins aux étrangers, leur faisait cette réponse énergique, dont il ne dépend point de moi de changer les termes : « Je ne vous empêche pas de vendre du rhum aux chevaux, aux bestiaux et aux cochons, mais toutes les fois qu'il s'agira d'hommes véritables, je vous le défends. »

Je vous le défends, et il savait pourquoi! Messieurs, ce breuvage qui, après avoir causé tant de misères, rencontre de toutes parts une telle répulsion, ce breuvage contre lequel s'accomplit de nos jours, une œuvre assez morale, assez glorieuse, pour mériter le nom de réforme, et pour ajouter à la couronne de notre siècle l'un de ses plus beaux fleurons, ce breuvage haï de Dieu et des meilleurs de ses enfants, est-ce un poison?

Encore une fois, je n'oserais le demander, si l'alcool ne comptait parmi nous bon nombre de défenseurs, voire même d'amis.

Pourtant il fait du bien, pourtant il fortifie! Voilà les motifs qu'ils donnent, le plus souvent avec candeur, pour en autoriser l'usage. Si la vérité le permettait, que nous serions heureux de leur donner raison! Quel bienfait de garantir à ceux qui louent des ouvriers, par exemple, une boisson bienfaisante, et à si bas prix, aujourd'hui que le vin se fait cher et devient presque inaccessible aux petites bourses! Un pot de cette boisson, me disait un propriétaire, nous fait l'effet de cinq pots de vin, c'est donc une dépense de 1 fr. 10 (car je ne puis supposer que quelqu'un d'entre vous se soit avisé jusqu'à l'acheter à 0 fr. 50 c. comme on l'offrait au printemps dernier), c'est, dis-je, une dépense de 1 fr. ou 1 fr. 10 au lieu de 4 fr. Quelle précieuse économie si vos intérêts véritables pouvaient la recommander, et la conscience la permettre! si le beau nom dont elle se pare, comme pour défier en vertu toute autre boisson, donnait à l'*eau-de-vie* seulement les qualités du vin, quelle excellente occasion pour ceux de la montagne et de la région moyenne de secouer le joug du vignoble, et de supplanter le pressoir par la distillerie! On ne le fait pas, pourquoi? Evidemment les défenseurs de l'alcool ont encore plus de bon sens que de passion; ils ne croient pas tout à fait ce qu'ils disent, peut-être même vont-ils, sans bien se l'avouer, jusqu'à pressentir que les avantages de l'alcool sont essentiellement illusoires. Oui, une tromperie à laquelle il est temps de ne plus se laisser prendre. C'est ce que je voudrais démontrer dans la seconde partie de ce travail.

II

RAVAGES DE L'ALCOOL DANS LE CORPS HUMAIN.

A cet effet, nous sommes contraints d'étudier les effets de l'alcool, non plus dans l'histoire des nations où tout le monde peut s'en faire une idée, mais dans le corps humain où le médecin pourra seul nous servir de guide. C'est donc à ses leçons que nous allons nous rendre, et peut-être ne tarderez-vous pas de leur trouver un intérêt presque effrayant. Que ne puis-je du moins les adoucir pour vous comme elles le furent pour moi, par la touchante bienveillance avec laquelle un honorable professeur et plusieurs médecins ont daigné me communiquer sur ce point les données de la science et de leurs expériences!

Il résulte des expérimentations les plus récentes que l'alcool une fois dans l'estomac ne passe point aux intestins comme d'autres aliments. A peine si dans les grands excès, une faible portion prend ce chemin-là. D'ordinaire il est absorbé totalement et avec rapidité par les veines qui naissent en si grand nombre dans les parois de l'estomac.

Ces veines se réunissent bientôt en un canal unique qui débouche dans le foie, le fabricateur par excellence du sucre, de la graisse, de la fibrine et de la bile surtout.

Après avoir servi aux élaborations de ce viscère, le sang veineux arrive à la partie droite du cœur.

Cette première moitié du cœur se compose de deux cavités : la première saisit le sang veineux pour le lancer dans la seconde; et celle-ci le précipite par deux canaux dans la poitrine entière. Comme l'or à la fournaise se débarrasse de ses scories, ainsi le sang veineux jeté dans la poitrine y subit une admirable purification, se dépouille de ce qui lui reste d'éléments impropres à la nourriture du corps, et de brun devient vermeil. Ainsi épuré et transformé par l'air vivifiant, il s'insinue dans une multitude de petits vaisseaux bientôt réunis en une artère unique, qui l'apporte à la partie gauche du cœur. Celle-ci est composée absolument comme la partie droite. Elle ne s'empare du sang artériel que pour le lancer avec la rapidité de l'éclair dans toute l'économie du corps par la grande artère partagée sur son chemin en une infinité de branches, de rameaux et de ramuscules. « Le long des tubes ou canaux à travers lesquels circule le sang avec les trésors dont il est chargé, le Créateur a établi une multitude de petits organes dont l'office est de mettre le sang à contribution à mesure qu'il passe, et d'y pomper l'espèce et la quantité de nourriture dont chacun a besoin, tant pour son propre entretien que pour l'entretien de la partie du corps qui l'avoisine. Bien que d'une ténuité et d'une délicatesse prodigieuse, ils ont tous la force nécessaire pour remplir cette fonction et aussi pour repousser et rejeter dans la masse commune ce qui ne convient pas à leur destination. (1) »

C'est ainsi que, par une série de merveilleuses transformations, le pain, le vin, la viande, les légumes de votre dîner deviennent votre chair, vos os, vos muscles, vos nerfs, votre corps en un mot. C'est ainsi que les innombrables organes dont il est composé se voient nourris, conservés, vivifiés. Oui, s'ils étaient des êtres doués d'intelligence et de cœur, vous les entendriez répéter les uns après les autres, et par un admirable concert, la prière d'actions de grâces que vous avez faite à l'occasion de votre repas, car eux aussi en sont nourris et en éprouvent un indéfinissable bien-être.

Voyons maintenant comment ils accueilleraient l'alcool. Certes ils sont de bons juges et les premiers que le bon sens nous dise de consulter.

Or, leur jugement unanime est celui que l'alcool porte sur lui-même quand vous en approchez une allumette enflammée : *il brûle*. S'agit-il donc de réchauffer par un moyen factice et tout extraordinaire le corps d'un homme qui va geler, ou seulement se refroidir, donnez-lui de l'alcool; cette flamme, parcourant ses organes, saura promptement les ranimer et rétablir le jeu de leurs fonctions! S'agit-il d'un malade menacé tout à coup d'affaiblissement et de paralysie, dans certains cas du moins, donnez-lui de l'alcool; cette liqueur suffira pour ranimer la vie dans son être physique, pour réveiller ce qui s'endort, pour faire marcher ce qui s'arrête; et dans cette occasion, comme en d'autres semblables, cette boisson méritera glorieusement le beau nom d'*eau-de-vie*, qu'elle eût toujours porté avec honneur, si jamais on ne l'eût sortie de la pharmacie.

Employé de cette manière, l'alcool devient le coup de fouet d'à-propos sortant d'un mauvais pas le cheval et l'attelage qui se sont empêtrés. Mais le fouet, vous le savez, on l'emploie comme remède et non comme aliment..... Je me trompe : il est des gens qui l'emploient au lieu d'avoine. Est-ce une économie? Leur cheval dit que non. Et ses jarrets forcés et ses côtes mises à nu, et sa vie raccourcie disent qu'il a raison. Eh bien, ce qu'est

(1) *Histoire des sociétés de tempérance des Etats-Unis*, par R. Baird. 1836, page 189.

pour la pauvre bête le fouet de son maître, c'est ce que devient l'alcool pour l'homme en santé. Qu'on en prenne peu ou beaucoup, qu'on le boive sous le nom d'eau-de-vie, de rhum ou d'extrait d'absinthe, c'est le fouet du bourreau : sous prétexte d'activer et de fortifier les organes, il les force et les tue.

Fouet pour l'estomac, il y est à peine introduit qu'il en active les fonctions outre mesure ; tout se meut, tout s'agite à son approche ; le sang afflue avec surabondance jusqu'à produire une inflammation factice en attendant qu'elle se prolonge et devienne chronique. Il n'est pas jusqu'au roi du domaine gastrique qui n'abaisse son sceptre devant cet ennemi et ne reçoive son coup de fouet. Oui, le suc gastrique, si merveilleux en pouvoir qu'il décompose les corps les plus rebelles, bien loin de subjuguer l'alcool, il en est altéré, et devient par cela même plus impropre à remplir ses fonctions. Après avoir surexcité tous les organes et bravé jusqu'au souverain de cette région, l'alcool, ainsi que nous venons de le voir, disparaît par les veines qui s'ouvrent dans les enveloppes de l'estomac.

Fouet pour le foie, l'alcool s'y comporte absolument comme dans l'estomac ; à son passage, tout se réveille, tout s'ébranle, tout s'exagère et se surpasse pour un travail plus qu'ordinaire.

Double fouet du sang, il en presse la circulation ; il accélère dans le cœur les mouvements des deux cavités droites. Elles l'introduisent ainsi dans les poumons avec d'autant plus de rapidité, qu'elles semblent espérer lui voir perdre ici une partie de sa violence. En effet, l'alcool exposé à l'air dans les canaux de la poitrine s'en dégage quelque peu et s'échappe avec la respiration. Toutefois, il en reste assez dans le sang pour imprimer encore un mouvement exagéré aux deux cavités gauches du cœur, et pour lancer ainsi le sang artériel avec force, non-seulement vers la tête où il finit, avec le temps, par épanouir sur le visage le bouquet de l'ivrogne, de couleur rouge bleuâtre, mais dans toutes les parties du corps et dans les moindres interstices.

Maintenant, il est facile de deviner les deux effets que va produire successivement l'alcool sur l'ensemble des organes. Et d'abord, il les surexcitera au point d'en activer le jeu et d'en multiplier la force, si bien que le buveur s'imaginera avoir gagné vigueur et joie. Mais ce sera pour tomber bientôt dans une sorte d'anéantissement ou de torpeur chagrine... Et quoi de plus naturel? Pendant que le fouet frappait à coups redoublés, la bête a dû courir, parfois même au galop, mais le fouet tombé, elle tombe avec lui et demeure harassée.

Pour s'expliquer de si puissants effets, il ne faut pas oublier que ce fouet par excellence a pour corde une flamme, une flamme que n'éteignent complétement ni l'eau, ni le sang, ni aucun autre des liquides qu'elle atteint dans le corps de l'homme. Quand bien même une partie de l'alcool se décompose dans nos organes, l'autre les parcourt tous sans discontinuer de demeurer alcool.

En faut-il une preuve? Décomposez l'haleine du buveur, vous y retrouvez l'alcool. — Une seconde preuve? Prenez de sa sueur; soumettez-la à l'analyse chimique, vous y retrouvez l'alcool; sans recourir aux ingénieux procédés qu'employa M. Lallemand pour étudier la transpiration des chiens alcoolisés, la femme de l'ivrogne n'est que trop avertie de l'élimination de l'alcool par les pores de la peau. Elle ne sait, hélas! comment purifier les habits de son mari de cette odeur d'eau-de-vie dont ils sont infectés. Comme il respire l'alcool, il transpire l'alcool.

Faut-il une troisième preuve? Saignez un buveur après qu'il a bu et distillez son sang; vous y retrouvez l'alcool à l'état de pureté; approchez-le du feu, il brûle!

Une autre preuve encore? Ecoutez le docteur Kirk : « J'ai disséqué un homme en état d'ivresse, quelques heures seulement après son décès. Dans les cavités que renferment les lobes du cerveau, on trouva la quantité ordinaire de liquide séreux, mais il exhalait une odeur de whiskey facile à remarquer, et lorsque nous en approchâmes une lumière, nous le vîmes prendre feu en produisant cette flamme bleue caractéristique de l'alcool, qui se joua quelques secondes sur la surface de la cuiller.

« Ogston assure avoir trouvé dans les ventricules du cerveau, chez une femme morte pendant l'ivresse, quatre onces d'une sérosité ayant, dit-il, les caractères physiques de l'alcool » (1).

M. Lallemand, médecin major et professeur, appelé à traiter un soldat qui avait avalé en cachette, dans l'espace de vingt minutes, plus d'un litre d'eau-de-vie, le vit mourir trente-deux heures après l'ingestion de l'eau-de-vie. A l'autopsie, pratiquée trente heures après la mort, le docteur retrouva de l'alcool dans le sang, dans le foie, et surtout dans la matière cérébrale (2).

(1) *Traité des Dégénérescences de l'espèce humaine,* par le Dr B. A. Morel. P. 106.
(2) *Du rôle de l'alcool et des anesthésiques dans l'organisme,* par MM. Lallemand, Perrin et Duroy. Paris, 1860. Pages 155, 156.

Je devrais citer d'autres preuves encore, mais en voilà bien assez pour démontrer qu'une partie de ce feu introduit par le buveur dans ses organes y persiste tel quel. Et ce fait une fois évident expliquerait déjà seul l'expérience mille fois répétée de ce domestique de Colombier, qui, bien qu'usant à discrétion, jusqu'à trois fois par jour, dans la forte saison, du vin généreux, qu'il cultivait lui-même dans la vigne de son maître, lui dit un jour : « A la bonne heure, du vin pour le matin et l'après-midi, mais à l'aube, quand je me lève pour aller faucher, une ration d'eau-de-vie me ferait plus de plaisir; elle me réchaufferait mieux. — Soit, dit le maître, de l'eau-de-vie vous aurez. » Mais au bout de quelques jours, voici revenir notre homme, disant : « Après tout, si cela vous est égal, j'aimerais reprendre mon ancien régime. Cette eau-de-vie me réchauffe bien un moment, mais après cela, elle me casse les bras, et la faux me tombe des mains. » —*Elle me réchauffe bien un moment, mais après cela, elle me casse les bras.* Voilà, peinte d'après nature, la vertu de l'alcool; à peine dans nos organes, il y produit une puissante excitation. Il se donne l'air d'augmenter leur vigueur pour les plonger ensuite dans cet anéantissement si connu des buveurs. Dans le premier de ces effets, il semble vouloir multiplier vos forces; dans le second, il les enlève; dans le premier, il vous promet la vie; dans le second, il vous donne la mort. Aussi se nomme-t-il *alcool*, c'est-à-dire, fard, masque trompeur.

Messieurs, est-ce un poison que l'alcool?

Plus je crois entrevoir la portée de cette question et les immenses résultats qui doivent découler de sa solution, plus je me sens pressé de multiplier les arguments pour vous préserver d'une réponse faite à la légère.

C'est pourquoi, non content d'examiner d'une manière générale les effets des boissons spiritueuses sur le corps humain, je voudrais les étudier dans quelques-uns de ses organes en particulier. Et d'abord dans l'organe pourvoyeur par excellence, celui qui vit pour tous les autres, et pour qui tous les autres vivent.

L'estomac. L'estomac est une espèce de poche membraneuse en forme de cornemuse et placée au travers du corps vers le point vulgairement appelé le creux de l'estomac.

Il se compose de trois membranes ou peaux. La plus extérieure ne le recouvre pas entièrement; elle n'est proprement que

3**

l'enveloppe générale des intestins. La seconde est formée de muscles entre-croisés qui donnent à cet organe la faculté de se distendre et de se rétrécir selon le besoin. La troisième et la plus épaisse (environ une ligne) est d'un jaune rougeâtre sur toute son étendue. C'est elle qui renferme ces nombreuses glandes qui sécrètent le suc gastrique, le principe de la digestion. Malgré la multitude de veines qui s'y entre-croisent, aucune n'est assez grande pour se laisser voir à l'œil nu ; de sorte que cette membrane, dans l'état de santé, est d'une couleur absolument uniforme et n'offre pas la moindre altération.

Il n'en est plus ainsi dans l'estomac du *buveur modéré*, j'entends de celui qui, pour employer son langage, prend son petit verre le matin et son petit verre l'après-midi, sans compter les extras. La présence régulière de ce liquide enflammé dans l'estomac en irrite la membrane intérieure ; cette peau si pure, si parfaitement égale dans l'homme sobre, est ici toute parsemée de vaisseaux sanguins qui se sont agrandis et comme engorgés. C'est une loi de la nature que le sang se porte avec surabondance vers l'organe irrité par une cause quelconque. Celui qui nous occupe est plus qu'aucun autre soumis à cette loi. Aussi le seul contact des spiritueux suffit-il pour l'irriter jusqu'à le couvrir d'un réseau sanguin, avant-coureur de bien des maux. Il en est de cette affection comme de celle que vous causeriez au globe de l'œil en y versant quelques gouttes d'alcool ; ces veines, ces artères si fines, si imperceptibles et si admirablement voilées dans la sclérotique, grossissent et deviennent visibles ; si demain vous renouvelez l'opération, j'allais dire la brûlure, elles seront plus engorgées encore, et ainsi de suite, jusqu'à ce qu'elles gardent cet aspect et demeurent malades, alors même qu'on ne les arroserait plus d'alcool. Au lieu des *yeux rouges*, le buveur commence donc par se faire l'estomac rouge. Cette irritation produite sur les parois de l'estomac peut d'abord sembler fort innocente ; et, en effet, pour peu que vous ayez soin d'interrompre votre boisson, après en avoir pris çà et là une ou deux fois, l'inflammation se guérira d'elle-même, et la membrane interne retrouvera son aspect ordinaire. Mais reprenez demain la ration d'aujourd'hui, revenez-y chaque jour et gardez-en l'habitude, l'irritation, au lieu de disparaître, persiste et s'agrandit ; insensiblement les trois enveloppes de l'estomac s'enflamment légèrement ; il en résulte du malaise, de la lassitude et surtout l'envie de boire de nouveau : avant même de l'avoir sous les yeux, on voit couler la liqueur; une dose plus grande produit les mêmes symptômes à un plus haut degré. Or, comme le fait observer M. Baird, il est impossible qu'un homme exalte, irrite et épuise ainsi son organisation sans en ressentir bientôt de la douleur. De là deux motifs pour boire de nouveau et toujours de nouveau, l'un pour rappeler une jouissance passée, l'autre pour écarter un malaise présent. Le corps s'affaiblissant, il faut, pour obtenir la même jouissance, augmenter dans la même proportion la dose d'excitant. De sorte que la passion de l'ivrogne devient une nécessité physique tout autant qu'une immoralité.

Mais je suppose qu'il possède assez d'empire sur lui pour ne point dépasser les bornes de la modération, en souffrira-t-il pour cela, surtout quand il se livre aux travaux manuels, vit au grand air et mène une vie dure ? Mais cette vie-là est précisément celle des ouvriers dont parle le docteur Rœsch dans son ouvrage sur l'*Abus des boissons spiritueuses*. « Il est d'usage dans nos contrées, dit-il, et dans beaucoup d'autres que les maîtres donnent de l'eau-de-vie à leurs domestiques des deux sexes et de tout âge, surtout quand ils les laissent manquer des aliments nécessaires; car cette liqueur est à bas prix, elle engourdit la faim et remonte les forces. La chose est déjà poussée si loin que les domestiques, les servantes, les journaliers et les compagnons se montrent de plus en plus exigeants eu égard à la quantité d'eau-de-vie, et que, quand on leur en refuse, ils ne travaillent point ou se retirent. *Des mesures sévères devraient extirper cet abus* (c'est nous qui soulignons) ; car il est la principale cause des progrès journaliers de la consommation de l'eau-de-vie parmi les basses classes du peuple. » Un autre médecin, également français, se plaignait naguère de toute l'ingrate besogne dont l'affligent, non pas les ivrognes proprement dits, mais ces gens soi-disant modérés qui s'en vont buvottant toute espèce de liqueurs, et minent si bien leur santé que les maladies se jettent sur eux comme sur une facile proie; pour comble de misères, les remèdes n'ont aucune prise sur ces tempéraments gâtés.

Cette confidence décourageante est pleinement d'accord avec l'observation que fit plus d'une fois l'un de nos compatriotes dans les consultations de médecins auxquelles il assista aux Etats-Unis. « En pareille occasion, nous disait-il, le docteur commence par demander au patient s'il fait usage de liqueurs fortes. Si oui, il hausse les épaules, puis écrit machinalement une ordonnance dont il n'attend évidemment pas grand effet ; tandis qu'il la prépare avec un soin marqué et de tout autres espérances quand le malade s'est abstenu de whiskey. »

Enfin, pas plus loin qu'hier, un docteur, connu par la sobriété de son langage et la prudence de ses actes, nous expliquait la mort subite d'un homme réputé modéré, par l'habitude exagérée qu'il avait des vins fins. « Dans une foule de cas, ajoutait-il, les gens périssent victimes d'un régime trop alcoolique, sans en avoir le nom ; on dit : Ils sont morts d'apoplexie, d'anévrisme, etc., et l'on oublie la cause première. »

C'est sous l'empire de pareils faits que des centaines de docteurs, et naguère jusqu'à deux mille médecins anglais, ont déclaré collectivement et d'une manière tout officielle *que le bannissement des liqueurs fortes serait d'un immense avantage pour la santé publique ; que leur emploi journalier affaiblit au lieu de fortifier, et qu'il donne lieu à une infinité de maladies.* Il est reconnu en particulier que la pleurésie, la phthisie, la fièvre typhoïde, la fièvre jaune et le choléra atteignent et emportent beaucoup plus facilement les gens adonnés aux liqueurs fortes que les autres personnes.

Cela ne veut pas dire que tous en souffrent également ; il est des buveurs modérés et même des ivrognes qu'un fort tempérament met en mesure de braver tous les inconvénients que je viens de signaler. Cela ne veut pas dire non plus que sans l'alcool ils ne se fussent pas mieux portés encore, surtout dans leur vieillesse. Cela ne veut pas dire enfin que leurs enfants n'eussent pas hérité d'un meilleur sang et de plus belles facultés.

Au reste, il suffit de se représenter l'aspect que revêt l'estomac dont nous parlions tout à l'heure pour convenir que cette irritation entretenue à la journée et à l'année dans un organe aussi délicat et aussi essentiel ne peut à la longue demeurer innocente.

Et s'il en est ainsi du buveur modéré, que sera-ce du *fort buveur*, de celui qui chaque jour prend de la liqueur en assez bonne quantité et ne croit plus pouvoir travailler sans le secours de ce renfort ? Les vaisseaux sanguins déjà en évidence dans l'estomac du premier, se trouvent chez celui-ci suffisamment engorgés pour que l'on aperçoive même leurs plus petites ramifications, ainsi qu'on les observe dans la fleur du rhum ou le bouquet de l'ivrogne sur certains visages. Cet engorgement ne se produit plus momentanément et seulement durant le temps qu'on fait usage d'alcool, comme chez le buveur modéré; mais il persiste sous forme de taches plus ou moins étendues. Ces taches demeurent visibles, même après la mort, si le coupable ne s'est pas abstenu de liqueurs sur la fin de sa vie.

Avant que je fusse appelé à étudier les horreurs dont je vous entretiens aujourd'hui, l'un de nos docteurs, appelé par l'autorité à faire l'autopsie d'un ivrogne trouvé mort sur le côté du chemin, me racontait avoir trouvé entre autres, sur la membrane intérieure de son estomac, comme de certaines cartes de géographie affreusement bien dessinées. Quelle ne fut pas ma surprise lorsque, six mois après, je reçus la peinture que vous avez sous les yeux (1), et y reconnus, trait pour trait, le tableau que je m'étais figuré au récit du docteur. Cette irritation de la membrane interne l'épaissit et peut provoquer la formation d'ulcères dangereux; le mal se communiquant aux membranes voisines, il

(1) Cette peinture est une des neuf planches coloriées qui accompagnent l'ouvrage « *The pathology of drunkennes, or the physical effects of alchoolic drinks, with drawings of the drunkard's stomach. — A letter addressed to Edward C. Delavan, Esq., by Thomas Sewall, M. D. Professor of Pathology and the Practice of Medicial in the Columbian College, District of Columbia. — Albary, stereotyped and printed by Civan Benthuysen 1841.* » — Cet ouvrage, publié en Amérique, fut offert en 1843, par la société de tempérance de New-York, au roi Frédéric-Guillaume IV, qui le mit généreusement à la portée du public allemand dans le *Aerztliche Volksfreund.* Les altérations de l'estomac par l'alcoolisme y sont peintes avec des couleurs si accentuées, que, tout en admettant leur affreuse vérité pour les Etats-Unis, nous espérions n'y signaler que les limites extrêmes où l'alcoolisme ne nous a point encore conduits, mais où il ne tarderait pas de nous précipiter si l'on n'y prenait garde. Malheureusement, plusieurs de nos médecins m'assurent avoir trouvé déjà ces mêmes affections dans leurs alcoolisés; et leur avis, confirmé depuis vingt ans par celui de M. Roesch et d'autres médecins français, vient de recevoir une sanction toute classique dans le *Handbuch der speciellen Pathologie und Therapie,* préparé par quatorze des médecins et professeurs les plus réputés de l'Allemagne, et rédigé par *Virchow.* Il y a donc de l'opportunité, il y a même urgence à faire connaître parmi nous les formes les plus redoutables qu'ait revêtues l'alcoolisme dans les pays qu'il a le plus maltraités. Nous regrettons seulement que les dimensions réduites de ce volume n'aient pu y autoriser la publication des planches américaines. Il va sans dire que nous les tenons à la disposition de tout lecteur qui pourrait désirer d'y jeter un coup d'œil. Ce simple coup d'œil a suffi pour guérir l'un de nos amis de l'habitude de l'eau-de-vie, et ce fait nous a expliqué l'heureuse précaution de ce docteur de Bruxelles qui nous écrivait naguère : « Au dispensaire où je donne des consultations gratuites à la classe ouvrière, j'ai affiché un grand tableau représentant l'estomac en bonne santé, et lorsqu'il est soumis aux influences alcooliques. »

3***

se prépare un squirrhe. A ce degré du mal, l'ivrogne n'éprouve aucun repos jusqu'à ce qu'il ait apaisé son estomac par un narcotique quelconque ; sinon il souffre de nausées, de dégoûts, d'affadissement du cœur, de douleurs rongeantes à l'estomac, d'abattement et de trouble dans toutes les fonctions du corps. En proie à ce supplice, un soldat poussait un jour les cris les plus déchirants pour supplier qu'on lui donnât une goutte d'eau-de-vie, à défaut de quoi la douleur le pousserait, disait-il, à se donner la mort.

Il est sans doute difficile de se posséder et surtout de reconquérir pleinement sa liberté, en se convertissant, quand cette odieuse passion vous domine à ce point, — difficile, mais non pas impossible, car des milliers d'ivrognes tout aussi malheureux sont parvenus à s'amender. L'abstention complète des spiritueux, l'application de ventouses ou de vésicatoires sur la région de l'estomac, des remèdes et un régime rafraîchissants vous rétablissent ordinairement dans l'espace de quelques semaines. L'estomac se guérit de lui-même, les vaisseaux engorgés retrouvent leur grosseur naturelle, leur couleur normale et leur sensibilité.

Néanmoins l'estomac de l'ivrogne ainsi guéri demeure des plus inflammables ; une seule rechute suffit pour le placer dans un état déplorable. Et l'on peut appliquer au physique la réponse toute spirituelle qu'un buveur corrigé donnait un jour à ses anciens compagnons de débauche, lorsqu'ils l'invitaient à les accompagner, ne fût-ce que pour le plaisir d'être ensemble et sans qu'il fût pour cela obligé de boire avec excès. « Non, non, leur dit-il, je suis un tison arraché du feu. Une branche verte peut s'exposer sans crainte au voisinage du feu, elle ne s'enflammera pas de sitôt, mais un tison qui a déjà brûlé, c'est différent. »

La *troisième affection* indiquée dans l'ouvrage précité est celle qui, volontiers, se produit sur la face interne de l'estomac de l'ivrogne après une débauche plus ou moins prolongée. Elle a été peinte d'après l'estomac d'un misérable qui, plongé plusieurs jours consécutifs dans un état d'ivresse, mourut subitement et par une autre cause. L'intérieur de son estomac était couvert d'une forte inflammation avec des taches livides desquelles s'écoulait un sang épais et noir. J'ai eu souvent l'occasion d'examiner des estomacs dans cet état, dit le docteur Sewall, et j'ai lieu de croire que cet organe revêt habituellement cette apparence chaque fois qu'il s'enflamme par l'abus des liqueurs alcooliques. Les symptômes qui accompagnent cette affection sont : le défaut d'appétit, les nausées, les vomissements, une soif brûlante et des maux de tête. Les yeux deviennent rouges, le visage gonflé, la langue chargée ou sèche, le pouls fréquent, fiévreux. Tous ces effets se proportionnent au temps qu'a duré la débauche et à la quantité de boisson bue plutôt qu'au tempérament du malade. Le traitement de cette inflammation est à peu de chose près celui qu'on observe quand elle a lieu par d'autres causes que l'ivrognerie.

Un homme, ajoute M. Sewall pour confirmer ce qui précède, un homme, distingué par ses facultés et l'influence qu'il exerçait dans la société, avait eu le malheur de s'adonner à l'ivrognerie dans ses jeunes années. Toutefois il ne s'y abandonnait point sans interruption ; il le faisait plutôt d'une manière périodique et pas plus souvent que deux ou trois fois l'an. Dans l'intervalle, il était d'une sobriété parfaite ; une fois en chute, il se livrait à sa passion sans aucune retenue et buvait jusqu'à ce que son estomac atteignît un haut degré d'inflammation. C'est pour cette affection que je l'ai traité et heureusement guéri au moins douze fois dans l'espace de plusieurs années. Je lui interdisais absolument tout irritant, ne lui permettant que de l'eau glacée et d'autres boissons rafraîchissantes. J'ordonnais en même temps les ventouses et le vésicatoire. Après dix ou douze jours, il pouvait d'ordinaire reprendre son travail.

Malheureusement, dans sa dernière rechute, il tomba entre les mains de médecins qui lui conseillèrent de ne pas abandonner tout à fait sa bouteille, mais d'en boire un peu moins pour s'en désaccoutumer peu à peu. Ce conseil fut suivi, et le malade en devint la victime ; il mourut subitement dans la force de son âge et de son activité, pleuré des siens et de tous ceux qui le connaissaient. Il n'en est pas moins vrai qu'en d'autres occasions, quand le malade, par exemple, s'est dès longtemps accoutumé aux abus journaliers de l'eau-de-vie, l'en sevrer tout à coup pourrait le tuer ou provoquer un accès de folie. C'est peu à peu que, dans ce cas, on le désaccoutume de sa boisson favorite.

La *quatrième altération* se présente sous forme d'ulcères ou aphthes qui peuvent se former sur la face interne de l'estomac de l'ivrogne, et qui parfois subsistent longtemps avant de s'annoncer par des symptômes évidents et de donner de l'inquiétude.

Ils consistent en un grand nombre de petits ulcères qui s'étendent sur la membrane interne, et qui, par les croûtes blanches dont ils sont recouverts, ressemblent à des aphthes. Enlève-t-on ces croûtes, on trouve dessous la peau toute couverte de petits ulcères qui la rongent, et dont les bords sont lacérés et enflammés. Çà et là l'inflammation s'étend aussi d'un aphthe à l'autre. Cette affection naît de l'irritation produite par l'alcool.

La découverte de cette altération s'est faite dans un estomac qui fut comme une bonne fortune inespérée dans les annales de la médecine.

En 1822, avant qu'il fût question des sociétés de tempérance proprement dites, Alexis Saint-Martin, jeune homme du Canada, Français d'origine, âgé de dix-huit ans et d'une constitution robuste, fut atteint dans le côté par une balle qui lui enleva la peau, les muscles et une partie d'une côte. Il fut remis dans cet état aux soins de M. Beaumont, célèbre médecin des Etats-Unis. Le traitement réussit ; toutefois le bord supérieur de la plaie faite dans l'estomac s'étant réuni au bord de la plaie faite à la poitrine, la première de ces plaies demeura ouverte pendant plusieurs années. Dans l'origine, elle n'avait pas moins de deux pouces et demi de circonférence ; aussi les aliments ne demeuraient-ils dans l'estomac que grâce à la pression qu'on exerçait de l'extérieur sur l'ouverture de la plaie. Cette circonstance fournit au docteur Beaumont l'occasion de faire les observations les plus intéressantes sur le mystérieux phénomène de la digestion. Le suc gastrique que Spalanzani avait enlevé de l'estomac des oiseaux fut pour la première fois recueilli directement dans celui d'un être humain, et, placé dans un vase chauffé à la température du corps, il digérait les aliments comme dans l'estomac.

Entre autres découvertes, le docteur s'aperçut que Saint-Martin s'adonnait à la boisson des liqueurs fortes. Après que le malade s'en fut accordé sans trop de gêne durant huit ou dix jours, il se plaignit de douleurs et d'un malaise général. Le médecin reconnut alors dans l'estomac du patient les ulcères que nous venons de décrire. Il interdit absolument toute liqueur forte. C'était le 28 juillet. Jusqu'au 4 août, les abcès s'agrandirent et arrivèrent à maturité. Le suc gastrique qu'on extrayait dans l'intervalle se trouvait mélangé de salive, de bile et de sang qui découlait des ulcères ; entre autres mauvaises odeurs, on y flairait celle de l'alcool. Deux jours après, plus d'ulcères, plus d'altération dans le suc gastrique, et dans le patient un parfait bien-être.

Mais chaque fois qu'il essaya de reprendre des spiritueux, bien qu'il le fît avec modération, le même symptôme se produisit dans l'estomac. Au reste, sauf dans certains moments, il n'en éprouvait point de douleurs bien sensibles; ses organes digestifs pouvaient s'altérer gravement sans qu'il eût même l'air de s'en douter. C'est pourquoi les buveurs, les buveurs modérés ne peuvent trop prendre garde à ce fait; l'alcool altère leurs organes et prépare lentement la ruine de leur santé sans qu'ils en ressentent rien. Vienne une maladie, ils sont moissonnés, et l'on se demande avec étonnement comment des hommes si vigoureux ont succombé si promptement. Le ver rongeait le fruit avant qu'on y prît garde. — Ces dernières observations sont de M. Sewall, qui a eu le bonheur de partager les observations de M. Beaumont dans l'estomac de Saint-Martin.

Si les premiers symptômes de telles maladies paraissent comme imperceptibles, leurs ravages, une fois manifestes, sont d'autant plus affreux. Témoin l'exemple suivant, que nous envisageons comme le type de la *cinquième altération.*

Il s'agit d'un matelot mort à quarante-trois ans. Longtemps il avait pris des spiritueux avec modération; plus tard on le compta parmi les bons vivants, mais non parmi les ivrognes proprement dits. Enfin il se plaignit de fatigue d'estomac, de picotements à l'entrée de cet organe, de nausées et de la difficulté qu'il éprouvait pour avaler des aliments trop peu mâchés. « Il me semble, disait-il, qu'un obstacle près de l'estomac s'oppose au passage des aliments. » Les remèdes demeurèrent sans effet et la digestion devint si difficile que les liquides pouvaient à peine se frayer un chemin à travers l'estomac de ce malheureux. Enfin, les liquides eux-mêmes furent repoussés. « Je sais, dit le médecin, que, dans une seule nuit, il essaya inutilement d'avaler, gorgée après gorgée, jusqu'à deux pots d'eau; une fois parvenue à l'obstacle intérieur, elle était rejetée. » Au bout de quelques semaines, il mourut de soif et de faim après de cruelles souffrances. A l'autopsie, on trouva l'estomac dans un état lamentable : l'entrée en était presque fermée par une *affection squirrheuse* qui avait enflé et durci les membranes. Le squirrhe avait gagné pareillement le fond de cet organe. Toute fonction lui était devenue impossible.

Quelque attristants que soient de tels ravages, notre auteur en dévoile de plus considérables encore dans l'estomac d'un homme que l'on ne comptait point parmi les intempérants. « Chaque jour, dit le docteur, il buvait son grog, et le matin assez régulièrement un verre de forte eau-de-vie pour se donner de l'appétit. » A la faiblesse de l'estomac s'ajouta bientôt la douleur, une sensation de brûlaison. Une ou deux heures après le repas, les aliments étaient rejetés ; il en résulta une excessive maigreur, puis la mort. A la dissection, on trouva l'estomac envahi par le *squirrhe dans toute son étendue, sauf une faible portion* dans la partie gauche. Les parois avaient acquis une épaisseur de deux pouces, et l'intérieur de l'organe était si rétréci qu'on pouvait à peine y passer une sonde de la gauche à la droite. Longtemps avant la mort, aucun aliment ne pouvait plus passer aux intestins; vers la sortie de l'estomac, il s'était formé un ulcère, comme pour compléter l'impression d'horreur que produit, même de loin et par l'imagination, l'aspect de cet organe ainsi défiguré. Selon M. Racle, professeur à la faculté de médecine de Paris, et l'auteur d'une remarquable thèse sur l'alcoolisme, l'alcool serait l'agent localisateur, plutôt que la cause directement productrice du cancer de l'ivrogne.

Voici du reste, dans une *sixième altération*, la forme tout à la fois la plus hideuse et la plus certaine que puisse revêtir l'estomac sous l'influence de l'alcool ; mieux que toutes les précédentes, elle doit nous révéler les propriétés de ce liquide ; il brûle, avons-nous dit : il brûle! nous répète avec une affreuse évidence cet estomac incendié.

C'était celui d'un homme au caractère aimable, occupant une haute position dans la vie sociale. Peu à peu, il s'adonna à l'intempérance ; toutefois, bien qu'il bût chaque jour, ses excès ne produisaient que des paroxysmes de durée plus ou moins variable. Dans ces paroxysmes, il fut atteint plusieurs fois *du délire tremblant*, la fièvre des ivrognes, dont il se remettait promptement. Enfin survint un paroxysme plus fort, qui se prolongea davantage. Le trouble de son intelligence dura plus d'une semaine, et il fallait deux hommes pour le retenir dans sa chambre. Il prenait ses meilleurs amis pour des persécuteurs, qui sans cesse forgeaient des machinations contre lui. Il croyait voir dans sa chambre des spectres, des démons et des armées de soldats ; sur son lit, des serpents venimeux et des bêtes féroces prêtes à le dévorer. Un homme qui souvent lui avait fait perdre la partie au billard lui apparaissait maintenant dans tous les coins de son appartement, ricanant et cherchant l'occasion de lui enlever son argent. Les fonctions de son corps se troublèrent de plus en plus ; la faiblesse et les sueurs froides prirent le dessus. Des crampes dans tout son être l'enlevèrent à la vie.

A la dissection, l'estomac se trouva rempli d'une matière brunâtre semblable au dépôt du café. La paroi intérieure était couverte d'une croûte de même couleur. Cette croûte une fois enlevée, laissait voir les traces d'une excessive inflammation. Quelques places étaient d'un rouge foncé, d'autres tout à fait noires comme un commencement de gangrène. Cette masse brunâtre s'était formée du sang qui, sorti des parois enflammées, avait subi cette transformation par l'effet du suc gastrique.

Quelque affreux que soient les ravages constatés dans ce dernier estomac, ils étaient préparés déjà, ils se laissaient prévoir dans le second en apparence si peu malade ; cet agrandissement ou cet engorgement des vaisseaux sanguins qui commençaient à se rendre visibles dans l'estomac du buveur modéré, n'a fait que se développer dans les taches rouges du second estomac, dans l'inflammation du troisième, dans les ulcères du quatrième, et dans le squirrhe des deux suivants pour arriver à son plus haut degré dans celui que nous venons de voir. Si les sept malheureux qui viennent de nous révéler dans leur estomac les propriétés de l'alcool, pouvaient nous donner un à un leur avis sur les effets de ce breuvage, les quatre premiers nous diraient avec une force croissante : Il brûle ! les trois derniers : Il tue !

Et s'il se montre tel dans un organe aussi capital, que ne ferat-il pas dans les autres ?

Non pas, Messieurs, que je veuille suivre avec vous ses ravages dans les intestins, dans la composition du sang, dans les reins, dans le cœur, dans les poumons (1) ; ils s'expliquent tous facilement par l'excessive irritation que ce liquide a le pouvoir de produire. Ainsi, pour ne citer que les désordres dont le foie va devenir le théâtre, vous pressentez tout d'abord une inflammation quelconque. Aussi vrai que le feu brûle, aussi certainement l'alcool doit enflammer sur son passage un viscère qui le reçoit de première main et sous le coup du flot sanguin le plus impétueux. Cette inflammation du foie, que les médecins appellent du nom d'*hépatite* peut s'aggraver jusqu'à devenir suppurative. Elle est

(1) Voyez la note B à la fin du volume.

surtout fréquente dans les climats chauds où les médecins lui reconnaissent pour cause prédominante les boissons spiritueuses.

Les congestions du sang chargé d'alcool, à force de se répéter dans le parenchyme du foie peuvent augmenter le volume de cet organe et causer des épanchements qui, de concert avec l'inflammation, compriment certaines parties, les oblitèrent et les atrophient, tandis que d'autres demeurent hypertrophiées. L'organe une fois victime de si nombreux désordres, il va sans dire que la sécrétion de la bile est diminuée sensiblement. Cette affection désignée par le nom de *cirrhose* est attribuée presque exclusivement « à l'ivrognerie, aux excès habituels de vin, d'eau-de-vie, d'absinthe, etc. » Quand l'atrophie se prononce fortement, l'organe finit par se rapetisser outre mesure ; c'est ce qu'on appelle le ratatinement du foie.

Au lieu de ce rapetissement, le foie peut acquérir un volume énorme par l'effet d'une transformation graisseuse. C'est l'état qu'on désigne sous le nom de *foie gras*. Les marchands de volailles connaissent si bien cette propriété de l'alcool, qu'en Angleterre, où les gourmets estiment le foie par-dessus tout, les éleveurs ont soin de mêler, non pas une grande quantité, mais pourtant une certaine dose de spiritueux aux aliments de leur basse-cour ; puis ils choisissent pour tuer les buveurs ailés le moment où le foie doit avoir acquis sa plus parfaite grosseur.

Cette grosseur, chez des buveurs moins innocents, peut acquérir des dimensions considérables, témoin le fait suivant que j'emprunte à l'un des correspondants de la *Statistische Chronik der Alkohol-Vergiftung* (1).

« J'ai eu ces derniers jours une occasion particulière de me convaincre des propriétés vénéneuses de l'alcool. Un serrurier qui travaillait chez nous, depuis plusieurs années, et passait pour un fort buveur d'eau-de-vie, sans être ivrogne proprement dit, tomba malade, il y a deux ans. Le médecin déclara que c'était un accès de délire tremblant, mais l'accès passa bientôt. Cet homme, retombé cet hiver, est mort l'autre jour à l'âge de quarante-deux ans. Le docteur ne dissimula point qu'il avait succombé aux effets de l'eau-de-vie ; il était mort de faim. L'estomac et le foie devaient être atteints d'une affection squirrheuse. L'autopsie accordée, j'y assistai. Le foie tout enflammé et atteint çà et là de

(1) Tome V, page 75.

l'affection squirrheuse était affreux à voir. On eut beau le partager en quatre, partout c'était le même aspect : un tout petit espace était demeuré intact, et je pus ainsi comparer l'état sain avec l'état maladif. L'estomac ne contenait qu'un peu de liquide ; toutes les parois en étaient enflammées, tandis que l'ouverture semblait presque fermée par le squirrhe ; le médecin put à peine y passer le petit doigt. C'est pourquoi le malheureux ivrogne ne pouvait plus manger et dut à la lettre mourir de faim. Je m'attendais aux altérations de l'estomac, mais sans pouvoir soupçonner que le foie fût si gravement endommagé.

« Le docteur, tout en me faisant observer que l'alcool une fois dans le sang doit irriter spécialement le foie, estimait que ces ravages étaient l'œuvre d'une dizaine d'années. Le sujet avait du reste le tempérament robuste et aurait pu atteindre un bon âge sans la violente épreuve à laquelle il s'était volontairement soumis. Chez un homme plus faible, la maladie eût été plus rapide. — On pesa le foie de ce malheureux ; il fut trouvé de onze livres deux onces, tandis qu'à l'état naturel, ce viscère, dans un homme fait, pèse quatre ou tout au plus cinq livres. »

Le docteur Peters a constaté ce grossissement du foie chez les buveurs de rhum et d'eau-de-vie dans soixante-dix cas qu'il a eu l'occasion d'observer. « Chez les buveurs modérés, le foie était plus volumineux qu'à l'état normal, et sa surface marquée de plaques, d'infiltrations graisseuses de deux à trois lignes d'épaisseur ; le reste du viscère conservait sa coloration naturelle.

« Chez ceux qui s'étaient plus livrés à l'usage des boissons spiritueuses, le foie était encore plus volumineux, ses bords plus obtus, et les dépôts de graisse de la surface, plus nombreux et plus étendus.

« Chez les vieux ivrognes, le foie était très gros, pesant au moins six ou huit livres, souvent dix ou douze ; les bords étaient arrondis et très épais, le parenchyme blanc de graisse, mou et friable, le péritoine qui le recouvrait se laissait déchirer facilement. » (1)

« Une femme de trente ans, très adonnée à l'ivrognerie, est introduite à l'Hôtel-Dieu le 17 décembre 1859. Elle venait de consommer dans une seule débauche six bouteilles de vin et

---

(1) *Du rôle de l'alcool et des anesthésiques dans l'organisme,* par MM. Lallemand, Perrin et Duroy. 1860, page 194.

pour 15 c. d'eau-de-vie. Elle meurt au bout de quelques heures. Dans l'autopsie, on trouve le foie si volumineux qu'il dépasse les côtes de trois travers de doigt, et la dégénérescence graisseuse qu'on y remarque avait atteint pareillement les reins et le cœur » (1).

Je puis donc maintenant laisser à votre imagination le soin de vous représenter, par induction, et à la lumière de ces faits, les ravages que l'alcool, si meurtrier dans l'estomac et dans le foie, doit produire dans tous les autres organes ; et je m'arrêterais volontiers ici dans la description de ses effets physiques si la question que nous nous sommes proposé de résoudre : *Est-ce un poison?* ne me contraignait d'étudier son action sur les nerfs. Car eux seuls nous donneront une réponse parfaitement claire et absolument décisive. D'autres causes que l'alcool peuvent produire la plupart des affections que nous venons d'examiner ; la gastrite, le squirrhe, l'hépatite, la cirrhose, reconnaissent mille autres causes que l'alcool, tandis qu'il engendre dans les nerfs une maladie que lui seul est capable de créer sous cette forme, une maladie si spéciale qu'elle a reçu de lui le nom d'*alcoolisme*.

Tout le monde sait que les nerfs sont, dans l'homme, les organes de la sensation, des mouvements physiques et des manifestations de l'âme. On ne saurait où enfoncer dans notre peau la pointe d'une épingle sans qu'elle rencontre un de ces filaments qui partout s'y entre-croisent. Tantôt réunis deux à deux, tantôt entrelacés en nombre infini pour former un réseau, tantôt liés en faisceaux, ils s'en vont tous prendre racine dans le cerveau ou la moelle épinière. Comme ils apportent au cerveau les sensations de tout le corps, le cerveau les emploie pour instruments de toutes ses volontés. Coupez-vous l'un d'eux, le membre auquel il correspond sera paralysé malgré les mouvements que vous désireriez lui imprimer. Faites-vous au cerveau une lésion grave, les organes, quoique en parfait état, ne lui apporteront plus les sensations accoutumées.

Ces détails peuvent suffire pour nous expliquer l'influence que l'alcool, une fois dans l'estomac, va produire sur le cerveau et par là sur tout l'ensemble du système nerveux, sur tous les in-

(1) *Du rôle de l'alcool et des anesthésiques dans l'organisme*, par MM. Lallemand, Perrin et Duroy. 1860, page 196.

struments de la sensation, des mouvements physiques et des opérations de l'âme.

D'abord n'oublions pas que ces deux organes, le cerveau et l'estomac, sont unis par les liens les plus intimes et les plus multipliés. Les nerfs qui entourent l'estomac sont si nombreux, ils l'entourent d'un réseau si complet, si serré, qu'on les a souvent envisagés dans cet organe comme formant une quatrième peau, appelée *peau nerveuse*. D'un autre côté, cette multitude de veines capillaires qui pompent dans l'estomac la liqueur forte, la transportent bien rapidement au cerveau par le foie, les poumons et le cœur ; en un instant la tête est comme en feu, et, quoique assez petite, c'est par une multitude d'endroits à la fois que la maison prend feu. Figurez-vous sur les matières si délicates qui remplissent les cavités du cerveau et sont le centre de la vie, une infinité de veines et d'artères s'y entre-croisant, s'y entassant de manière à former une véritable enveloppe. En même temps qu'elles le couvrent comme d'une cuirasse, toutes ces artères débouchent dans le cerveau et en arrosent, en alimentent la masse nerveuse. Ne prévoyez-vous pas, dès lors, qu'un sang chargé d'alcool va surexciter cette masse nerveuse et produire par elle dans tout le corps un mouvement extraordinaire ? Dans le premier moment la vie du corps, comme celle de l'âme, sera doublée, triplée. Bon appétit, humeur joyeuse, bien-être général, mille agréments analogues circuleront avec le fluide nerveux dans tout votre être. Mais, encore ici, c'est donner trop pour donner bien. En stimulant à ce point ces organes délicats, ces conducteurs de la vie, l'alcool les épuise. Il joue à leur détriment le rôle de ses roués disciples, lorsque, à bout de ressources, ils parviennent cependant à nourrir leur passion en flattant, en caressant, en exaltant le nouveau-venu qui leur paye à boire ! De tout le bien-être que lui a valu une heure d'étourdissement et les louanges des buveurs, il ne lui reste que l'épuisement, — l'épuisement de sa bourse et d'autres épuisements encore.

Le premier chimiste de l'Allemagne moderne, Liebig, décrivant de main de maître ce que je ne puis exprimer qu'en un langage vulgaire, expose comme suit dans ses *nouvelles lettres sur la chimie* l'action de l'alcool sur le système nerveux. « L'eau-de-vie, dit-il, *par son action sur les nerfs*, permet à l'ouvrier qui ne peut se procurer la quantité d'aliments nécessaires à son entretien, de réparer, aux dépens de son corps, la force qui lui manque ; de dépenser aujourd'hui la force qui, dans l'ordre naturel des choses, ne devrait s'employer que demain. C'est comme une lettre de change tirée sur sa santé et qu'il lui faut toujours renouveler, ne pouvant l'acquitter faute de ressources. Il consomme son capital au lieu des intérêts : de là inévitablement la banqueroute de son corps. »

Or ce sont les malheurs inséparables de cette banqueroute, ce sont les maladies qui naissent de l'affaiblissement des nerfs longtemps surexcités, qui se chargeront de résoudre la question si grave que nous nous sommes posée : *Est-ce un poison que l'alcool?*

Ces maladies n'en sont proprement qu'une, qui, de progrès en progrès, se manifeste sous des formes graduellement plus mortelles. « Aucune autre affection ne se présente avec une régularité plus désespérante et sous des faces aussi diverses, » dit M. Morel, dans son traité des dégénérescences de l'espèce humaine. Ce serait donc user de cruauté envers les buveurs que de ne pas leur montrer l'abîme où les conduit le chemin qu'ils ont pris.

Le docteur Magnus Hus, professeur de médecine à l'Institut royal de Stockholm et médecin supérieur du Lazaret des Séraphins, évalue au nombre de six les maladies physiques qui naissent des effets de l'alcool sur le système nerveux. Il n'est que trop bien placé pour les étudier, en Suède où l'on consomme une si prodigieuse quantité de boissons alcooliques, et à la tête d'un immense hôpital où dans l'espace de trois ans seulement, de 1848 à 1850, il a traité jusqu'à 139 ivrognes.

La première des maladies qui naissent de l'affaiblissement des nerfs par l'alcool, c'est le *tremblement des extrémités*. Pour n'en citer qu'un seul exemple : J. C., âgé de trente-huit ans, ouvrier tailleur, avouait spontanément avoir bu de l'eau-de-vie avec excès pendant plusieurs années, tantôt d'une manière continue, tantôt par intervalles. Il ne crut pas en éprouver de dommage jusqu'à ce que ses fonctions digestives devinrent difficiles et lui procurèrent après ses repas la sensation d'un poids, d'une pression au-dessous de la poitrine. Le matin, avant d'avoir pris quelque nourriture, il lui montait à la bouche une eau brûlante. Depuis quelques semaines il s'était aperçu que les mains lui tremblaient, de sorte qu'il ne pouvait guère reprendre sa couture avant de s'être accordé une ration de liqueur. Pendant la journée le tremblement disparaissait.

Depuis quatre jours il se trouvait malade sans savoir pour quelle cause ; il se plaignait de frissons, de manque d'appétit, de dégoûts, de douleurs dans le creux de l'estomac. Les maux de tête et la fièvre étant survenus, il fut admis à l'hôpital et traité pour la fièvre gastrique simple. Au bout de neuf jours elle se trouva calmée. Mais lorsqu'il essaya de se lever, ses bras éprouvaient un tel tremblement, surtout le droit, qu'il ne pouvait les tenir tranquilles, ni les tendre avec quelque sûreté. Saisissait-il un objet, la force musculaire ne semblait point affaiblie ; mais à peine dans sa main, il le laissait tomber. Essayait-il de se tenir debout, ses jambes, d'abord solides, ne pouvaient plus le porter après quelques instants. Voulait-il forcer, une espèce de branlement s'emparait de ses jambes, puis de tout son corps et le contraignait de s'asseoir. Il se plaignait en outre d'une pesanteur de tête, de lueurs éblouissantes devant les yeux, d'un certain bruit dans les oreilles. On le soumit au traitement contre l'ivrognerie, et au bout de onze jours le tremblement avait cessé et les muscles reprenaient leur vigueur.

Vous venez d'observer, qu'entre autres misères, notre tailleur était incommodé par une eau désagréable qui, le matin, lui montait à la bouche. Cette indisposition tend malheureusement à devenir universelle. Un docteur établi dans tel de nos villages où les jeunes gens ne se conduisent pas plus mal qu'ailleurs, me disait un jour : « Les trois quarts (les trois quarts !) de ceux que je rencontre m'abordent volontiers avec cette question : « — Dites-moi, docteur, que pourriez-vous me donner ? Le matin, à mon réveil, j'ai la bouche si mauvaise ! C'est comme une eau amère qui vient de l'estomac. — Il faut simplement vous passer d'eau-de-vie, car c'est l'habitude du petit verre qui vous procure ce malaise. » A cela il en est qui répondent : « — Mais croyez-vous ? » D'autres s'en vont tout tristes, comme le jeune riche de l'Evangile.

Le tremblement que nous venons de décrire n'est ordinairement qu'un acheminement à la *paralysie*, la seconde des affections produite sur les nerfs, et par les nerfs sur les muscles au moyen de l'alcool. Entre autres exemples, le docteur Hus cite le suivant :

« A. N., âgé de trente et un ans, d'une forte corpulence, maintenant amaigri, d'un teint gris de plomb, dit n'avoir abusé de l'eau-de-vie que depuis trois ans. Il en buvait six, huit à dix rations par jour. Jusqu'au mois de juin de cette année, il ne se souvient pas d'avoir été malade. A cette époque il commença à souffrir dans l'estomac avec vomissements, etc. Dès lors cette indisposition ne l'abandonna qu'à de rares intervalles. Ses aliments ne se digéraient plus du tout. L'eau-de-vie elle-même était rejetée par de violents accès de vomissements. Cependant il avait maigri considérablement; ses mains commençaient de trembler, ses jambes faiblissaient. Le tremblement toutefois ne dura pas; il fut remplacé par une faiblesse convertie enfin elle-même en une *paralysie* presque complète; ses doigts devinrent incapables de saisir et de tenir quoi que ce soit, et pourtant ses mains et ses bras se mouvaient facilement dans toutes les directions. Le même phénomène se répéta pour les jambes, si bien qu'il dut déjà passer au lit les huit jours qui précédèrent son admission à l'hôpital. Des genoux aux pieds il éprouvait un fourmillement comme si de petites bêtes y eussent rampé en tous sens; cette sensation devenait la nuit si douloureuse qu'elle le contraignait de mouvoir ses jambes et de les changer continuellement de place. Il avait de plus la tête lourde, avec un bruissement dans les oreilles. Des songes pénibles troublaient son sommeil. »

Si l'on ne traite pas à temps cette sorte de paralysie, elle finit volontiers par enlever aux extrémités la *sensibilité tactile*. C'est le troisième degré du mal que l'alcool produit sur les nerfs. Exemple :

Z. N., âgé de quarante-six ans, libraire (reçu à l'hôpital le 27 février 1848), y fut déjà traité trois ans auparavant pour le délire tremblant. Malgré cet avertissement, il avait assouvi avec une ardeur croissante sa passion pour les liqueurs, jusqu'à ce que ses bras commençassent à trembler dans le courant de l'été dernier. Ses jambes devinrent si faibles qu'à peine elles se laissaient traîner en se heurtant l'une contre l'autre. Au mois de novembre, il dut se mettre au lit; il y resta trois mois. Ses mains et ses bras arrivèrent à une telle débilité qu'il ne pouvait plus atteindre sa bouche. On dut lui donner à manger comme au petit enfant. Bien que son appétit se fût maintenu, il maigrit considérablement. *La sensation disparut si complétement du pied gauche qu'on pouvait l'y pincer sans qu'il s'en aperçût; dans le pied droit elle se trouvait un peu moins émoussée.* Deux articulations de l'épine dorsale étaient devenues sensibles et douloureuses au toucher.

Après deux mois il quitta l'hôpital, avec la résolution de renoncer pour jamais aux liqueurs fortes.

Contre toute attente, nous avons dû nous convaincre que, pour certains tempéraments, il n'est point nécessaire d'abuser de l'eau-de-vie pour éprouver une affection semblable. Un homme dans la force de l'âge et d'une conduite exemplaire, nous disait à l'ouïe des détails que vous venez d'entendre : « Je comprends maintenant ce qui m'est arrivé. Je ne buvais d'eau-de-vie qu'*aux dix heures* et *aux quatre heures*; quelquefois aussi ma mère nous en donnait avant de nous séparer, quand nous avions passé la soirée en famille. Et cependant j'avais perdu la sensation au bout des doigts. Elle m'est revenue depuis que je m'abstiens d'eau-de-vie. »

Au lieu d'ôter la sensation, l'alcool, agissant sur les nerfs, peut l'augmenter au point de créer une *irritabilité excessive* et très douloureuse. C'est la quatrième affection dont l'exemple suivant doit donner une idée :

Il s'agit d'un ouvrier compagnon admis à l'hôpital à l'âge de trente-quatre ans; adonné dès longtemps à l'ivrognerie, il commença de souffrir depuis trois ans d'éblouissements et d'une certaine obscurité devant les yeux; puis est venu le tremblement des mains et l'affaiblissement des genoux avec fourmillements, tiraillements douloureux. *Enfin la peau lui est devenue si douloureusement sensible aux reins, aux jambes et aux pieds qu'on ne peut le remuer, ni le changer de lit sans lui arracher des cris.* Pour surcroît de tourments, la crampe et les vomissements ne lui laissent aucun repos, les doigts des pieds ont perdu leur sensibilité.

Cette excessive irritabilité dans certains membres peut y produire jusqu'à des *convulsions*, la cinquième affection que signale M. Hus, dans l'exemple d'un gendarme intempérant qui, après avoir passé par les phases du délire tremblant, des vomissements, du tremblement matinal, avait fini par *éprouver dans les membres de véritables convulsions fréquemment répétées.* D'ordinaire un froid subit commence par lui glacer le dos, pour produire ensuite un ébranlement involontaire et des soubresauts douloureux. Les muscles du visage sont tiraillés en divers sens; ceux du cou pareillement, au point que la tête se jette à droite ou à gauche, en avant ou en arrière; sa langue et ses lèvres ne sont pas davantage en son pouvoir, pour tout langage il balbutie. Les mêmes mouvements se répètent dans les extrémités d'ailleurs très affaiblies.

Cet état convulsif peut se modifier plus affreusement encore et tourner à l'*épilepsie*, la dernière des affections physiques que le docteur Hus attribue à l'influence de l'alcool sur les nerfs. Entre autres exemples, il cite celui d'un marchand, âgé de quarante-deux ans, mais auquel on en aurait facilement donné soixante, tant le vice l'avait profondément vieilli. Sa femme avoue que de tout temps il avait usé largement de toute espèce de liqueurs; il semblait d'abord s'en être bien trouvé, en gagnant de la corpulence et de l'embonpoint. Une attaque du délire tremblant n'avait fait que consolider le pouvoir de son mauvais penchant. Enfin il se plaignit de vertiges et de l'affaiblissement de la vue; puis vinrent des faiblesses, et en dernier lieu *l'épilepsie dont les attaques se répétèrent fréquemment*. S'écoulait-il entre elles un ou deux jours, l'appétit du malade augmentait si considérablement que son entourage prévoyait sans se tromper une nouvelle attaque. Les muscles sont tellement relâchés, qu'il doit rester au lit. Des crampes douloureuses alternent avec les vomissements. Les oreilles lui tintent. Des songes affreux troublent son sommeil. Après un traitement de sept mois, il fut assez bien remis pour quitter l'établissement; seulement il resta d'une excessive maigreur. Durant tout l'été il se passa de liqueurs. En automne il les reprit; il retomba dans l'état précédent et mourut complétement paralysé.

C'est ainsi, Messieurs, que l'eau-de-vie traite ses amis. Nous venons d'en voir six, et j'avoue qu'il me faut un effort pour fixer le tableau que nous offrent leurs communes misères. L'un tremble à ne plus pouvoir tenir son outil; épuisé, amorti, il redemande quelque vie à la liqueur qui le tue, — ou bien il se fait préparer un hareng, une salade épicée. L'autre est paralysé jusqu'à ne plus pouvoir porter à sa bouche le verre fatal; il vomit jusqu'à son breuvage favori! Le troisième a perdu la sensibilité de certains membres par lesquels la mort semble déjà tenir sa proie. Le quatrième se voit couché comme sur un lit d'épines, tant l'irritabilité de la peau lui cause de douleurs aiguës et lui arrache de cris d'angoisse. Le cinquième a des mouvements convulsifs qu'on n'ose pas regarder. Le sixième, frappé d'épilepsie, gît par terre sans connaissance, il frappe des mains et des pieds, il écume et grince des dents.

Voilà les fils de l'alcool, quelle horrible famille! Puisque j'ai pris sur moi de vous la montrer et que vous avez eu le courage de regarder, qu'il me soit permis de vous rendre attentifs à la présence d'un chien parmi ces malheureux, d'un chien devenu ivrogne malgré lui. Le professeur d'une école vétérinaire, M. Dahlstrœm, voulant s'assurer des propriétés de l'eau-de-vie, en nourrit cet animal durant huit mois à la dose de trois rations (six onces) par jour.

D'abord il ne fit pas de difficulté d'avaler ce breuvage, mais au bout de quelques semaines il fallut le lui faire prendre de force. *Les trois premiers mois*, après chaque potion alcoolique, il manifestait des *appétits gloutons* et *une soif inextinguible*. Il *engraissa du reste et prit bonne venue*. Dans le quatrième mois son *aboiement devient rauque* (j'aurais dû vous signaler l'altération de la voix de l'ivrogne) avec *accompagnement de toux;* les *yeux pleureurs et sauvages; il commence à perdre l'ouïe, Indifférent à tout*, il ne se tient plus guère debout mais demeure volontiers couché sur le côté.

Dès le cinquième mois on observe *le tremblement des jambes et même le branlement* lorsqu'on le contraint de se tenir sur ses jambes. Il y ressent *une telle faiblesse* surtout dans celles de derrière, qu'il reste assis même pour manger. En état de veille et dans le sommeil, il éprouve dans les quatre membres *des soubresauts* et dans tout le corps des *mouvements nerveux*. Malgré son indifférence pour tout le reste, il *devient furieux devant un autre chien et retrouve de la force pour l'attaquer avec rage*.

La faiblesse augmentant, la *sensibilité de la peau diminue* de plus en plus, surtout dans le voisinage de l'oreille; on la lui *pince sans qu'il y sente rien*. Enfin il lui prend *un tel dégoût pour toute nourriture* qu'il méprise même la viande fraîche. La pauvre bête! Elle va périr avant la fin du huitième mois et la dissection de son corps donnera lieu aux découvertes qu'on fait dans celui des ivrognes. C'est en effet ce que confirme le professeur Dahlstrœm.

Après cela, mettriez-vous en doute que les maux produits dans ces buveurs et dans l'animal empoisonné ne fussent les effets de l'alcool? Des deux côtés, et pour les hommes et pour la bête, ne sont-ce pas les mêmes symptômes, produits du même breuvage?

4*

Et lorsqu'à la lumière de ces faits, nous vous demandons, Messieurs, si l'alcool est un poison, hésiteriez-vous le moins du monde de donner dans un sens absolu et sans restriction, la réponse qu'on est en droit d'attendre?

Dans ce cas et avant de formuler votre avis définitif, examinez encore dans l'affreuse scène que nous venons de voir, le huitième acteur que voici. C'est un patient qui, lui aussi, a commencé par *les vomissements* accompagnés dans l'estomac d'une sensation comme s'il brûlait intérieurement. Cette crise passée avec une autre de nature différente, il s'est trouvé affecté dans *le dos d'une douleur sourde avec tiraillements. La sensibilité du bout des doigts s'est perdue ainsi que celle des mains et des bras; le même phénomène s'est produit aux jambes en commençant par les doigts de pieds. Il peut bien saisir mais non tenir ferme un objet; veut-il marcher, il chancelle et tombe. Enfin les muscles du dos se sont affaiblis au point qu'il ne peut demeurer assis. Vers le soir il ressent dans les membres un fourmillement qui le jour se dissipe.* Sauf certaines différences que je ne veux pas relever et dont nous n'avons pas parlé plus haut, n'est-ce pas trait pour trait l'ivrogne paralysé et encore plus l'ivrogne privé de sensibilité dans les mains et les pieds? — Et pourtant il n'a point bu d'alcool; sans le savoir il a pris de l'*arsenic* en pilules.

Si donc l'arsenic produit sur le système nerveux des effets tout semblables à ceux de l'alcool, il faut bien que l'alcool soit lui-même un poison et non pas un des moins funestes. Les savants le placent en effet entre le seigle ergoté et l'arsenic. *L'alcool est un poison; bien que ses effets ne se manifestent qu'à la longue, ils ressemblent à ceux des plus violents poisons.* Voilà donc votre réponse, Messieurs, je ne puis en douter, votre réponse unanime à la question que nous voulions résoudre. — Ce n'est pas sans une certaine émotion que j'arrive avec vous à cette conclusion. Vous entrevoyez tous les graves conséquences qui vont en résulter pour les buveurs d'alcool, pour ceux qui le fabriquent, pour ceux qui le débitent, pour ceux qui en abusent et pour ceux qui en usent; pour ceux qui instruisent la jeunesse, et pour l'Eglise et pour l'Etat. Si dans cet instant même la conviction que nous venons d'acquérir était celle du pays tout entier..... Mais je m'arrête presque effrayé. Cette conviction va rencontrer un si grand nombre d'adversaires qu'avant de leur jeter le gant elle a besoin de s'affermir encore davantage. Le jugement que nous sommes appelés à porter sur l'alcool est d'une telle gravité, qu'avant de le prononcer il faut rassembler au moins toutes les pièces du procès. Consentez donc, Messieurs, à suspendre votre sentence ; pour la donner avec plus de sûreté, pour la maintenir coûte que coûte, ne vous contentez pas des témoignages que vous avez recueillis contre l'alcool parmi les nations qu'il a le plus empoisonnées, ni parmi les maladies du corps, ajoutez-y les ravages qu'il apporte dans l'âme du buveur.

III

Les ravages de l'alcool dans l'âme se manifestent de trois manières, selon qu'ils s'attaquent aux facultés intellectuelles, au facultés morales, ou au sentiment religieux proprement dit.

Les facultés intellectuelles ayant leur siége dans le cerveau, il est évident que les spiritueux ne peuvent y troubler la masse nerveuse sans troubler ces facultés elles-mêmes. Stimulées, surexcitées, elles semblent au premier abord gagner en puissance et en lucidité, mais ce sera pour tomber bientôt avec les nerfs eux-mêmes dans la désorganisation et la faiblesse.

Comme signe de désorganisation, le plus effrayant est sans doute le *délire tremblant* ou la fièvre des ivrognes. Nous n'y reviendrions pas si des études récentes n'avaient découvert dans cette affection des caractères particuliers, quand elle a lieu chez les buveurs d'absinthe. Ou bien la folie éclate brusquement lorsque, sans avoir contracté depuis longtemps l'habitude de cette liqueur, ils en consomment rapidement une quantité considérable. C'est ce qu'on appelle : la forme aiguë. Ou bien elle se produit peu à peu chez les buveurs de profession. C'est la forme chronique. Dans le premier cas, le délire aigu ressemble au délire de l'alcoolisme, *moins ce tremblement musculaire* qui a fait donner à celui-là le nom de *delirium tremens*. « Il semblerait, dit M. Motet, qu'on ait sous les yeux une forme de délire alcoolique éclose avant le développement complet, et dans

laquelle la rapidité d'action de la cause eût empêché les phénomènes habituels de se produire (1). »

De plus, ajoute notre auteur, ces malades se distinguent des
autres par *l'inquiétude peinte sur leur physionomie ; ils se
tiennent à l'écart, cherchent à s'isoler, non pas tristes et
concentrés comme les mélancoliques, non pas inertes comme
les stupides, mais présentant un état mixte dans lequel les
objets extérieurs revêtent toutes les formes correspondantes
au délire.* — Cherchant sans cesse à échapper à des persécu-
tions imaginaires, ayant même parfois la crainte de se voir mé-
connus, accusés de crimes qu'ils savent n'avoir pas commis,
tantôt ils fuient, tantôt ils s'avancent vers vous en protestant de
leur innocence. Les désordres vont croissant à mesure que le
jour tombe, et c'est au milieu de la nuit que les plus fantastiques
images font leur apparition. *Nous n'avons pas rencontré chez
les buveurs d'absinthe ce caractère si commun dans le* delirium tremens, *de vision d'animaux immondes ; ce sont beaucoup plutôt des flammes qui enveloppent le lit, des armes dont
la pointe menaçante est tournée vers le malade.*

Lorsque la maladie a revêtu cette forme aiguë, elle se guérit
d'ordinaire assez rapidement. « Quand au contraire elle est née
lentement et par l'effet d'une longue habitude, les désordres
physiques sont plus nombreux et plus graves, l'intelligence est
engourdie. L'affection une fois avancée, rien ne peut plus en-
rayer la marche envahissante de la lésion cérébrale. Un peu plus
tôt, un peu plus tard, la mort arrive au milieu d'accès épileptiformes, à un moment où il ne reste plus rien de l'intelligence
humaine, où l'animal seul vit de la vie végétative, et dans un
état de dégradation telle que nulle description n'en pourrait donner une idée exacte. »

Après le délire tremblant, nous devons signaler entre autres
désordres produits par l'alcool dans nos facultés mentales, les
hallucinations dans lesquelles les nerfs ébranlés apportent à
l'esprit des perceptions trompeuses. Il est à remarquer que chacun de nos sens peut en devenir le siège.

La vue, plus qu'aucun autre, peut s'en trouver atteinte. Outre
les tourments que nous venons de décrire, l'ivrogne en rencontre

---

(1) *Considérations générales sur l'alcoolisme, et plus particulièrement des
effets toxiques produits sur l'homme par la liqueur d'absinthe.* Thèse, 1859. P. 18.

une foule d'autres; les objets qu'il croit voir le frappent si fort, qu'il s'efforce de les saisir ou de les fuir sans qu'on sache comment détruire son illusion; tantôt ce sont des animaux étranges, tantôt des hommes, tantôt des spectres dont la vue le poursuit et l'obsède. Si vous lui demandez, par exemple, à quels animaux ressemblent ceux qui lui apparaissent, il vous répond : « Il faut bien qu'ils viennent d'un autre pays, car je ne puis les reconnaître. » L'un de ces malheureux obsédés voyait chaque jour vers midi une table chargée de mets exquis et de vins fins. Dès l'instant où la vision commençait, son visage se mettait à rayonner de joie, et il décrivait exactement la place de chaque mets et des différentes sortes de vins. Mais au moment de faire toilette pour se rendre à table, le spectacle disparaissait, et le pauvre visionnaire devait se contenter du repas assez maigre que l'établissement donnait à ses malades. Ce malheureux, vous le devinez peut-être, avait occupé autrefois une position élevée dont l'ivrognerie l'avait précipité, jusqu'à lui paralyser les membres.

Les hallucinations de l'ouïe, quoique plus rares, sont moins désagréables; volontiers dans ce cas, le malade se trouve ennuyé, persécuté par le babil incessant et vexatoire, par les injures d'un individu contre lequel il fait de temps en temps une rude sortie. Quelquefois, le supplice se modifie de quelque autre manière. Ainsi, durant deux semaines, par exemple, un chantre atteint du tremblement fut poursuivi jour et nuit par un chant d'église ininterrompu. « Ce n'est pas, disait-il avec impatience, le chant lui-même qui me tourmente le plus, mais bien ce misérable qui porte le chant avec une voix si fausse! »

Les hallucinations de l'odorat portent volontiers les malades à croire que le diable a passé dans leur chambre; « car elle demeure, disent-ils, tout infectée d'une odeur de soufre qui vient de l'enfer et qui les suffoque. »

Les hallucinations du goût surviennent au malade quand le désir de boire le tourmente au plus haut degré. Lui donnez-vous alors un verre de n'importe quelle liqueur, il la prend pour sa boisson favorite. L'un d'eux disait un jour avec un air de connaisseur au docteur Hus, qui venait de lui faire boire un simple verre d'eau : « C'est du trois-six au sixième degré! »

Les hallucinations du toucher portent volontiers le malade à se croire frappé, piqué, pincé, etc. Toutes ces manifestations s'expliquent facilement par les perturbations que l'alcool produit dans les nerfs qui président dans le cerveau aux opérations de nos sens. Une fois la source troublée, comment la fontaine serait-elle limpide?

Est-il étonnant, après cela, que l'ivrognerie, et surtout l'ivrognerie d'eau-de-vie, conduise ses victimes par centaines aux maisons de santé? qu'en Amérique elle ait produit autrefois entre la moitié et les trois quarts des cas de folie; qu'en Angleterre elle en engendre la moitié; en France le quart, chez nous le huitième, et qu'en Allemagne on évalue annuellement à quarante mille les cas de délire tremblant?

Un fait navrant par-dessus tous les autres, et constaté par M. Morel dans son *Traité des dégénérescences de l'espèce humaine*, c'est que des malheureux peuvent devenir idiots, maniaques, hypocondres, pour être nés de parents ivrognes, et sans avoir eux-mêmes connu l'intempérance. Témoin, entre tant d'autres, ce jeune imbécile dont l'auteur précité, médecin en chef de l'asile des aliénés de Saint-Yon, fait une lamentable description, après laquelle il ajoute:

« Son trisaïeul habitait les montagnes des Vosges, et les tendances aux excès alcooliques si communs dans ce pays, avaient atteint chez cet homme une forme maladive; c'était un dipsomane dans toute la force de cette expression. Il fut tué dans une querelle qui avait pris naissance au cabaret; ce triste exemple ne corrigea pas son fils. Ce dernier, devenu maniaque, fut amené à l'asile; après une première sortie, il fut réintégré et mourut des suites d'une paralysie générale. Il est le père du malade que nous avons depuis douze ans. Celui-ci eut des habitudes bien plus sobres que ses ascendants, mais les dispositions héréditaires ont favorisé chez lui l'évolution d'un délire de persécution. Quant à son fils, le jeune malade en question, il fut atteint, il y a huit mois, et sans cause connue, d'un accès de manie, et tout nous fait craindre que cet état ne soit la transition à l'idiotisme consécutif. »

L'observation ultérieure a parfaitement justifié ce dernier pronostic. Le jeune malade est tombé dans un idiotisme complet. Bien qu'âgé de vingt-deux ans sa tête est petite et mal conformée, sa figure imberbe ne révèle pas le moindre signe de virilité; il sera le dernier de sa famille.

« En suivant la succession des faits qui ont amené l'extinction de cette famille, nous remarquons: A la première génération:

immoralité, dépravation, excès alcooliques, abrutissement moral. — A la seconde génération : ivrognerie héréditaire, accès maniaques, paralysie générale. — A la troisième génération : Sobriété, tendances hypocondriaques, lypémanie, idées systématiques de persécution, tendances homicides. — A la quatrième génération : intelligence peu développée, premier accès de manie à seize ans, stupidité, transition à l'idiotisme, et en définitive extinction probable de la race. »

Quand l'abus des spiritueux n'engendre pas la folie alcoolique ou héréditaire, il produit un mal plus général et par cela même plus grave encore par *l'abaissement des facultés intellectuelles.* Les nerfs qui président à ces nobles facultés semblent un ressort détendu ; la mémoire s'en va, la pensée devient paresseuse, la réflexion pénible ou impossible ; s'il n'en résultait pour le buveur qu'une complète nullité, le mal serait moins grand ; mais comme il reste au chien empoisonné par l'alcool, jusqu'à son dernier souffle, une force factice et une espèce de fureur pour aboyer et pour mordre, ainsi le buveur conserve la prétention d'agir et d'agir beaucoup, dans un sens malfaisant, tandis que pour tout le reste il est à moitié mort. Sans parler des avantages qu'il dérobe et des pertes qu'il cause à la société, comment un homme ainsi affaibli dans ses facultés, édifierait-il sa maison? Aussi, que de maisons qui menacent ruine par le fait seul qu'elles dépendent d'un chef suffisamment affaibli par les liqueurs fortes pour ne savoir plus associer trois idées, ni combiner quelques pensées. Faut-il s'en trouver à toute force, pour faire contenance, pour composer un discours, pour défendre une cause, on recourt au fatal stimulant; le cerveau alcoolisé, l'esprit en feu, les facultés se réveillent, au moins pour un moment, les idées se pressent, la langue se délie, on dit tout ce qu'il faut, et même plus encore. Mais le sang-froid revenu, tout est froid, tout est vide, tout est désert, tout est comme mort dans un pareil cerveau; plus d'animation, plus d'entrain, plus de force, à moins qu'il ne s'agisse de cette force brutale avec laquelle on soutient son dire; on le répète, on le ressasse, on le radote, on le défend avec d'autant plus d'opiniâtreté qu'on s'est rendu incapable de comprendre un autre point de vue.

Ainsi, pour peu qu'on en abuse, l'alcool produit dans les facultés intellectuelles et en un sens plus grave, les mêmes effets que dans le corps; il promet, il donne même pour un instant force et vie, et puis c'est la faiblesse et la mort. Trompeur!

Achab, toujours Achab; ce qu'il opère dans l'être physique, ce qu'il continue dans l'intelligence, il le continue plus tristement encore dans *les facultés morales*, dans celles qui constituent plus particulièrement la volonté de l'homme. On a remarqué, dans une foule de cas, que ce stimulant parvenait à imprimer à la volonté des forces surhumaines, que ni le vin, ni la haine, ni l'amour du gain, ni aucun autre motif n'auraient pu créer. « Cette boisson, dit M. Baird, est le plus grand stimulant et pour ainsi dire le *vade-mecum* du vice sous toutes ses formes; et ses effets ne prouvent que trop l'immense part qu'elle a à la perdition de l'espèce humaine. Le plus souvent c'est à l'exaltation qu'elle cause que le scélérat a recours pour combattre le cri de sa conscience et se donner l'affreux courage dont il a besoin. » Beaucoup de criminels, disait un juge officiellement, l'avaient assuré qu'avant de se porter à des forfaits d'une certaine atrocité, il leur fallait de toute nécessité recourir à ce stimulant et qu'ils se gardaient bien d'oublier cette précaution. « Jamais, disait l'un d'eux, je ne pourrais me décider à pénétrer de nuit dans votre maison au risque de m'y faire brûler la cervelle ou d'être pendu en sortant, si préalablement je ne m'étais *amorcé* comme il faut. »

Tel est le pouvoir de ce breuvage qu'il va jusqu'à faire violence aux sentiments naturels pour transformer l'homme en une espèce de monstre qu'on ne sait plus comment caractériser. La preuve la plus sauvage que je puisse en donner a été fournie par cet intempérant qui, il y a peu d'années voyant sa famille souffrir de la faim, s'imagina de la détruire pour mettre un terme à sa misère. Amorcé comme le criminel dont nous venons de parler, il prend une hache, en tue sa femme et quatre enfants, dont un à la mamelle, et pour finir il mêle par le suicide son sang au leur. L'effroi que cette atrocité causa dans la contrée fit naître une société de tempérance.

Pour expliquer de telles horreurs (car elles s'expliquent quand même), il est peut-être nécessaire de citer l'exemple suivant; il se rapproche au reste de ceux qui menacent de se produire dans telle ou telle de nos communes.

Un menuisier assez habile était parvenu à s'établir très convenablement; actif et tempérant, il rendait sa compagne heureuse. Celle-ci, faible de santé et quelque peu paresseuse, négligeait souvent de préparer à son mari un repas chaud. Il y suppléait par la

tartine au beurre bien connue des Allemands, avec accompagnement d'une ration d'eau-de-vie. Trop vite accoutumé à ce nouveau régime, il y dépensait plus, d'argent que pour un repas convenable ; sans compter que la passion survenant, l'accoutuma à
chômer et lui rendit impossible l'achat du bois que nécessitait la
continuation de son travail. De maître il devint ouvrier et se mit
à maltraiter femme et enfants, bientôt réduits à la mendicité.
Aussi malheureuse qu'elle avait été négligente, la pauvre femme
en mourut et laissa quatre enfants aux soins d'un père dénaturé.
Le pasteur essaya d'y pourvoir. Ecoutez en quels termes il décrit
une de ses visites dans cet intérieur : « Pour tout ameublement,
je ne trouvai dans la chambre qu'un banc de menuisier renversé
et un tabouret cassé. A ma demande : « N'avez-vous point de lit ?
il me répond : — Pas même une place pour le mettre ; je dors
sur le plancher ainsi que mes enfants ; il faut qu'ils s'y accoutument, les Russes en supportent bien d'autres ! — De quoi vous
nourrissez-vous ? qui prépare vos repas ? — Personne, dit-il,
nous mangeons le pain que mes enfants mendient et avec l'argent
qu'on leur donne ou que je gagne çà et là, j'achète de l'eau-de-
vie pour nous réchauffer et nous fortifier. Hier j'ai placé par négligence un des petits sur le banc, il est tombé et paraît s'être
cassé quelque chose dans le dos. » J'employai toute la charité
et tout le sérieux qui me furent possibles à lui représenter le
péché de sa conduite, ses devoirs de père. Je lui parlai de Dieu
et de l'éternité avec saisissement. Et lorsque j'ajoutai : « Qu'allez-
vous donc faire maintenant ? — Quand je ne pourrai plus les
nourrir, je les jetterai à la rivière ! — Monstre ! m'écriai-je,
vaincu par la douleur, que va-t-il t'arriver ? » Et je m'éloignai
promptement.

Ses enfants lui furent enlevés par la charité ; celui qui était
tombé du banc demeura estropié. Le plus jeune est si affaibli par
l'eau-de-vie dont on l'avait nourri, qu'il menace de rester nain.
Quant au père (communes, prenez-y garde !), il ne s'en inquiéta
plus ; mendiant pour boire, il mourut à quarante-quatre ans,
aussi vieilli que s'il en eût eu soixante-dix.

S'ils sont heureusement rares, les gens auxquels l'eau-de-vie
enlève à ce point les sentiments naturels, on en rencontre trop
souvent d'autres qui les ont perdus à un moindre degré, et qui
deviennent pour leur entourage une source de malaise et de
trouble. Plus méchante que le vin, l'eau-de-vie a le pouvoir d'al-

térer promptement dans le cœur des époux l'amour qui les avait unis et dans le cœur des parents les sentiments de la paternité. Je ne connais pas de dissolvant plus actif pour les liens de famille. Quiconque en est esclave contracte volontiers une humeur chagrine et hargneuse ; à la moindre contrariété, à la moindre contradiction, il s'irrite, il s'emporte, et d'ordinaire il garde un silence bête. Joyeux au cabaret, il est maussade à la maison ; aimable en société, il est morose avec les siens. Il semble noyer dans le petit verre toutes ses affections, sauf celle du petit verre, et lorsqu'il s'est enivré, il lui reste, une fois revenu à lui-même, comme une ivresse prolongée de mécontentement, de mauvaise humeur et d'irritation chronique ; de là ce besoin passionné, cette fureur de boire de nouveau pour retrouver quelque gaieté.

Malheur à qui succombe à cette tentation ; de chute en chute, et à mesure qu'il se rend insupportable à ses proches, il finira, dans certains cas, par devenir insupportable à lui-même ; alors viendra l'angoisse, la mélancolie, la manie du suicide. L'un de ces malheureux répondait un jour à nos exhortations : « La vie m'est à charge ! » Et il le disait d'un air qui semblait ajouter : « Veillez sur moi ! Un mauvais coup n'est pas loin ! » Un officier, guéri une première fois de son ivrognerie et fortement exhorté par le médecin à renoncer à l'usage des liqueurs, raconte en ces termes les sentiments qui surprirent son âme, une fois retombé. « Mes dispositions changèrent complétement ; je devins triste, je murmurai de ce qu'en voyant les iniquités de ma conduite, je ne parvenais cependant pas à me maîtriser, et je commençai de songer à ma destruction. Quelques mois après, mon désespoir s'éleva au plus haut point ; j'essayai de le noyer dans l'eau-de-vie, j'en bus avec un tel excès que j'en tombai dans une fureur violente. Après trois jours je revins à moi-même, mais ce fut pour me retrouver en proie aux idées de suicide accompagnées d'une grande angoisse. Je finis par me précipiter de l'étage dans la rue, mais sans me faire grand mal ; quatre mois plus tard, l'accès revint et j'essayai de me couper la gorge avec un rasoir, lorsqu'on s'aperçut de mon intention et on m'empêcha de la réaliser. Dans un nouvel accès qui me survint deux mois après, j'eus assez de force pour combattre victorieusement le penchant au suicide. Enfin je renouvelai la tentative de me couper la gorge dans un quatrième accès, sans réussir davantage. » A l'ouïe de pareilles confessions, on comprend que de 1842 à

1821 l'abus des liqueurs ait produit à Berlin le quart des suicides et que deux à trois cents malheureux périssent annuellement
de cette manière dans la seule ville de Londres.

Et pourtant, hommage en soit rendu à la puissance de l'Evangile, la croix du Rédempteur, bien comprise, donne à l'ivrogne
converti la force de surmonter et la passion de boire et celle du
suicide.

Toutefois, même pour le cas où la conversion se fait jour
dans l'âme du buveur, il est le premier à se lamenter sur la faiblesse et la débilité que les ravages de l'alcool ont apportées à ses
facultés morales. Rien de plus mal assuré que ses premiers pas
sur le chemin de la régénération ; il veut et ne peut pas ; il fait
effort pour avancer et recule involontairement; la joie d'un premier triomphe ne le préserve pas de nouvelles chutes, et souvent, hélas! comme le petit enfant, c'est à force de tomber qu'il
apprend à marcher. Aidez-le, je vous en supplie, soutenez-le
avec amour, prévenez-le courageusement et ne l'abandonnez
point, car sans l'appui de votre sympathie, il ne pourra se soutenir. La liqueur forte a si complétement affaibli sa volonté, que
ce n'est pas trop de la vertu de Dieu, des efforts du convales-
cent et de votre charité, pour lui rendre son énergie par un traitement prolongé.

Cet affaiblissement, que les liqueurs fortes apportent d'ordinaire à nos facultés intellectuelles et à nos facultés morales, atteint plus gravement encore nos facultés les plus relevées, celles
qui constituent *le sentiment religieux* proprement dit.

Cette nature, à la fois divine et humaine, qui devint notre
partage quand Dieu nous créa vie de sa vie, esprit de son esprit;
cette âme que le péché a mutilée, corrompue, amortie; cette fille
du ciel que le monde a séduite et détournée de ses glorieuses
destinées, l'alcool plus qu'aucun autre poison a le don de la dé-
grader promptement.

C'était beaucoup déjà de s'attaquer à notre corps pour l'éprouver et le détruire sous prétexte de le fortifier. C'était bien plus
encore de s'attaquer à nos facultés intellectuelles pour les avilir
et les paralyser sous prétexte de les stimuler. C'était plus grave
encore de s'attaquer à nos facultés morales pour affaiblir jusqu'à
la débilité, pour attrister jusqu'au suicide, sous prétexte de ren-
forcer et de réjouir.

Mais toutes ces tromperies, tous ces ravages sont peu de chose en comparaison de ceux dont l'âme devient victime sous l'influence de l'alcool.

Pour le démontrer, Messieurs, il nous faudrait passer du domaine de la conférence dans celui de la prédication ; c'est à elle qu'il appartient d'exposer avec détail, dans les solennités de nos cultes, les ravages qu'apporte au sanctuaire, au plus intime de notre être, le plus grand meurtrier des temps modernes. C'est donc à elle que j'abandonne le soin de continuer le travail que j'interromps ici.

Voilà d'ailleurs assez de témoignages et de preuves convaincantes pour nous mettre en mesure de répondre affirmativement, sans plus d'hésitation et en toute connaissance de cause, à la question que nous nous sommes posée : *Est-ce un poison que l'alcool ?*

Oui, poison ! c'est le titre que lui donnent tardivement sans doute, mais avec toujours plus d'ensemble et de douloureuse indignation, les peuples modernes qui ont découvert, au prix des plus amères expériences, ses propriétés malfaisantes.

Poison ! c'est le mot d'ordre que semblent avoir reçu du Créateur les organes du corps humain pour repousser d'instinct dans presque tous les cas ce redoutable ennemi.

Poison ! c'est le nom dont le flétrissent avec une horreur croissante nos facultés supérieures.

Maintenant donc, qu'y a-t-il à faire ? Si le bon sens que nous invoquions en commençant nous assiste en terminant, nous dirons tous d'un commun accord et sans hésitation : Puisque c'est du poison, arrière de nous le poison ! Ne l'employons jamais que par l'ordre du médecin, pour des travaux extraordinaires, pour la lampe à esprit-de-vin, etc. Surtout il serait à désirer, dit-on, que dans chaque maison il se trouvât toujours une bouteille de bonne eau-de-vie de lie mêlée d'un tiers de sel pour être utilisée heureusement dans une foule de cas. A part ces usages et d'autres semblables, ayons le courage de notre conviction ; puisqu'il est démontré par l'expérience et le témoignage de milliers de médecins que l'abus des spiritueux tue le corps et l'âme, et que l'usage de ces boissons ne fait aucun bien réel, mais prépare aux tempéraments faibles une vieillesse anticipée, rend notre corps plus accessible aux maladies et affaiblit d'avance les générations futures, passons-nous-en ! L'humanité l'a fait durant cinq mille années et s'en est bien trouvée. A coup sûr les armées romaines qui soumirent le monde au joug du peuple-roi égalaient bien les nôtres en vigueur et en bravoure, et cependant elles ne connaissaient pas le fameux stimulant. Et quant à ceux qui prétextent notre climat septentrional et notre genre de vie pour démontrer la nécessité de l'eau-de-vie, les Etats de l'Amérique du Nord autrefois démoralisés et gangrénés, aujourd'hui convalescents, leur donnent un double démenti qu'on ne saurait trop remarquer. Croyant que le whiskey était un stimulant nécessaire, ils en ont usé et abusé jusqu'à se ruiner ainsi que nous l'avons vu ; ils n'en boivent plus maintenant et les voilà pleins de force et d'avenir. Imitons-les dans leur relèvement plutôt que d'imiter leurs chutes précédentes et de tomber à notre tour dans l'abjection qui faillit les perdre. S'il a fallu dans ce travail rappeler leurs expériences avec celles de l'Angleterre, de la Suède et de l'Allemagne, si j'ai dû pour cela décrire les effets de l'alcool à leur plus haut degré, tels que nous avons le bonheur de ne point les connaître encore généralement chez nous, n'est-ce pas précisément avec l'espoir de nous en préserver ? Un de nos docteurs, noblement alarmé des ravages de l'eau-de-vie dans notre pays, et auquel je demandais quel remède employer contre ce fléau, me répondit : « Il faut attendre que le mal soit parvenu à son plus haut point ; alors, comme en Amérique, on sera forcé d'ouvrir les yeux. » Je ne comprends que trop cette manière de voir : elle est fondée sur cette loi de l'histoire, et je pense aussi de la médecine, que le mal doit arriver à son comble, et, comme on dit, donner le tour, pour être enfin surmonté par le bien. Mais comme en médecine on sait aussi couper la fièvre avec succès et arrêter une maladie à son début, ne peut-on pas détruire chez nous l'alcoolisme avant qu'il ait eu le temps de produire tous ses fruits ? L'expérience des nations ne saurait-elle nous instruire ? Que dis-je ? Si l'on venait de découvrir le remède à tel fléau très meurtrier, qui dès longtemps ravageait d'autres pays, négligerions-nous de l'employer pour le cas où ce même fléau atteindrait nos contrées ? Croirions-nous devoir mourir, et mourir par milliers avant de mettre à profit le remède nouvellement découvert, le remède qui aurait suffi pour guérir des peuples entiers ? Or le remède contre le fléau dont nous nous occupons, Messieurs, c'est, avec la modération dans l'usage du vin, l'abstention des liqueurs spiritueuses, de l'eau-de-vie et de l'extrait d'absinthe en particulier.

Que les maîtres renoncent coûte que coûte à l'usage de cette boisson sous forme d'aliment, et dans le cas contraire que les serviteurs la refusent comme un breuvage empoisonné. Que les chefs de famille en purifient leur cave, et dans le cas contraire que les enfants repoussent avec horreur le petit verre que leur présente la main d'un père aveugle ou d'une mère dénaturée; que les épiciers laissent à la pharmacie la vente de cet article, et dans le cas contraire que leurs chalands les abandonnent et se pourvoient ailleurs; que les aubergistes, dussent-ils en recevoir momentanément injure ou perte, s'arment d'un grand courage et se règlent sur le modèle de l'un d'entre eux auquel on vint, il y a deux ans, demander un demi-pot d'eau-de-vie pour l'employer comme remède, et qui fut réduit à répondre : « Nous n'en vendons pas; nous n'en avons point dans la maison! » — Et s'ils méprisent ce noble exemple que les gens honorables désertent leurs vendages et prennent leur verre de vin ou de bière dans les établissements qui se respectent davantage.

Mais j'entends les murmures, les récriminations, les reproches, les pourquoi, les comment, les milliers d'objections que le bannissement de l'eau-de-vie va soulever parmi nous.—Gardez-vous, Messieurs, de mépriser ces objections : plus elles sont nombreuses, redoutables et menaçantes, plus elles démontrent l'empire que les liqueurs fortes ont usurpé déjà dans notre patrie. Ces objections on ne les aurait pas élevées il y a cinquante ans. Preuve que l'alcool nous fait aujourd'hui cinquante fois plus de mal qu'à nos pères, et compte en faire à nos enfants mille fois davantage.

Déjà il s'est emparé de la place, en se gagnant la faveur du grand nombre. Déjà Gessler a élevé le château d'Altorf, n'attendons pas qu'il ait bâti le joug d'Uri. Ouvrons les yeux sur les malheurs dont sa tyrannie nous menace. Tous ceux qui peuvent y travailler, Messieurs, faites au plus tôt la statistique des liqueurs qui se consomment dans le pays. N'oubliez pas d'y mentionner pour autant qu'on peut les connaître, et le nombre des malades que l'alcool conduit au médecin, et le nombre des morts prématurées qu'il a déjà causées, et le nombre des suicides qu'il a provoqués, et le nombre des familles qui donnent le *petit verre*, selon l'expression consacrée, et le nombre des enfants qui ont péri ivres-morts pour avoir bu de la fatale bouteille laissée par négligence à leur portée, et le nombre des enfants qui, nés d'ivrognes, n'ont pu vivre ou ne vivent qu'au milieu de cruelles infirmités, et le nombre des hommes et le nombre des femmes qui s'empoisonnent par ce breuvage jusqu'à en infecter d'avance les générations futures, et le nombre des ménages désunis, et le nombre des familles ruinées par ce funeste dissolvant, et le nombre des malheureux tombés par lui à la charge de leurs communes et des fonds pieux!

Une fois en possession de chiffres exacts, faites-les parler aux oreilles du pays, expliquez-les aux partisans de l'eau-de-vie, et pour peu qu'elle leur ait laissé de bon sens neuchâtelois, il suffira pour les armer contre elle.

Qu'une réprobation, qu'une guerre toute nationale s'élève ainsi contre un fléau qui menace de devenir national! Grâces à Dieu, notre petit pays possède assez de ressources morales et matérielles pour détrôner l'eau-de-vie en lui substituant le cordial salutaire qui réjouit le cœur de l'homme en fortifiant ses membres.

––––––––

Permettez-moi, Messieurs, de saluer dans l'attention si encourageante avec laquelle vous avez suivi ce travail, un gage certain du travail que vous allez entreprendre et poursuivre vous-mêmes en repoussant d'un commun accord l'ennemi qui déjà nous a fait tant de mal et menace de misères bien plus graves encore l'avenir du pays.

Que notre Père céleste, le Dieu de l'âme et du corps, veuille lui-même exciter votre zèle, bénir l'œuvre de vos mains, et faire souffler sur toutes les portions de notre chère patrie l'esprit de réforme qui, depuis trente années, renverse au delà et en deçà de l'Océan les forteresses d'intempérance qu'avait bâties l'ennemi!

Déjà nous reconnaîtrons, avec actions de grâces, que ce souffle régénérateur est arrivé jusqu'à nous et qu'il a inspiré nos conférences s'il en résulte, dès maintenant, et pour commencer la réforme, *une noble association entre les chefs de famille, afin de bannir l'eau-de-vie de leurs aliments, et en particulier des petits repas du matin et de l'après-midi.* Je dis une association, et j'insiste, car elle est en toutes choses la puissance du siècle.

D'ailleurs vous ne préviendrez point les ravages du torrent en courant chacun, qui de droite, qui de gauche, pour enfoncer çà et là quelques pieux avec de grands efforts. A moins de perdre votre peine et de passer pour insensés, vous rapprochez vos pieux, vous les affermissez par de puissants liens, vous appuyez le tout d'un talus très solide. Puissiez-vous donc, Messieurs, élever de cette manière, et sans retard, la digue destinée à prévenir les malheurs dont nous menace le torrent de l'alcoolisme. Puissiez-vous tout d'abord en préserver vos familles par la réforme domestique que nous vous proposons!

Voyez la note A ci-après.

Note A.

Ce vœu que, même sous cette forme restreinte, nous exprimions avec tremblement, a été dépassé par une paroisse plus courageuse que son pasteur. Une trentaine de chefs de maison se sont unis pour renoncer à l'eau-de-vie, non-seulement dans leurs *habitudes domestiques*, mais aussi dans *la vie publique*. Peut-être nous saura-t-on gré de faire connaître leur règlement.

ASSOCIATION CONTRE L'EAU-DE-VIE.

Les soussignés, convaincus que non-seulement l'abus mais aussi *l'usage* HABITUEL *de l'eau-de-vie* ne saurait être que pernicieux, s'engagent à le combattre par l'observation du règlement suivant:

ART. 1er.

Tous les membres de l'association s'engagent *moralement* à bannir l'eau-de-vie de leurs habitudes domestiques. En outre, ils s'astreignent formellement à renoncer à cette boisson dans les établissements publics.

ART. 2.

Un comité de sept membres sera nommé par l'assemblée générale de l'association pour s'occuper des intérêts moraux et matériels de la société.

Art. 3.

Ce comité, qui sera renouvelé chaque année par une assemblée périodique fixée au deuxième dimanche de l'année, à six heures du soir, se constituera lui-même. Son président et son secrétaire fonctionneront en cette qualité dans les assemblées générales, lesquelles pourront être convoquées chaque fois que le comité le jugera nécessaire, ou que le quart des membres de l'association le demanderont.

Art. 4.

L'initiative appartenant à chacun des membres de l'association, toutes les matières intéressant l'association pourront y être traitées.

Art. 5.

La durée de l'association est indéfinie.

Art. 6.

Chaque membre signera le présent règlement, lequel restera entre les mains du président ; mais on pourra retirer sa signature en s'adressant, pour cet effet, au comité.

Art. 7.

Tout membre qui enfreindra l'art. 1er du présent règlement recevra un avertissement du comité, et tout défaillant, qui n'aura point motivé son absence des assemblées générales par des raisons reconnues majeures, sera passible d'un *chatoi* de 25 c.

Art. 8.

Le produit des *chatois* entrera pour une part dans les frais d'un souper commun que s'accorderont les membres de l'association le deuxième dimanche de l'année.

Art. 9.

Le présent règlement ne pourra être revu, complété ou modifié que par une assemblée générale de l'association. Toutes les décisions et modifications devront être consignées dans un registre à cet effet.

Ainsi fait et délibéré en assemblée générale.

Chézard, le 30 mars 1862.

L'association fondée sur cette base subsiste depuis plus d'une année. Outre que dans bien des maisons elle a banni l'eau-de-vie des usages domestiques, elle a flétri cette liqueur dans l'opinion publique, au point que plusieurs se cachent pour la boire, et que les établissements publics vraiment dignes de leur destination n'en vendent plus que fort peu.

Grâce au principe d'association, chacun participe en quelque mesure à la force de tous, comme chaque membre a la vie du corps.

Enfin les achats de vin en gros sont devenus possibles à mesure qu'ils se font en commun. Les marchands, voyant de fort bon œil une telle entreprise, ne demandent qu'à la favoriser par des vins de qualité sûre et aux prix les plus réduits.

A Dombresson, il s'est formé dans les mêmes circonstances une société d'actionnaires avec *vendage pour porter dehors*, et sans autre

4**

profit que celui de faire le bien. Le débit est si considérable et à des conditions si faciles, que le pauvre lui-même ne saurait plus prétexter la cherté du vin pour se livrer à l'eau-de-vie, la seule des liqueurs fortes qui fût bien à la mode au milieu de nous.

Puissent de telles entreprises se propager sous une forme ou sous une autre, et, selon le vœu qu'exprimait naguère un docteur de Genève, dans toutes les communes où le vin est encore trop inaccessible aux petites bourses !

Note B.

Pour combler les lacunes de notre propre travail, nous nous faisons un devoir de donner ici l'énumération complète des affections qui accompagnent l'alcoolisme, ainsi que les décrit en dernier lieu M. Virchow dans son *Handbuch der speciellen Pathologie und Therapie*, au chapitre de l'*Empoisonnement par l'alcool*. C'est à M. le docteur Morthier que nous devons la traduction explicative de cet intéressant fragment.

Quiconque a des yeux pour voir, qu'il les ouvre ! Quiconque a des oreilles pour ouïr, qu'il entende et s'étonne ! quiconque a une intelligence pour comprendre, qu'il étudie, sans préjugé, et fasse connaître ensuite à nos buveurs, et à la génération naissante, les ravages attribués à l'alcool par la première autorité de l'Allemagne moderne dans l'anatomie pathologique. M. Virchow commence par examiner les maladies des buveurs dans les organes en particulier ; puis il les étudie d'une manière générale dans l'économie du corps.

LÉSIONS ORGANIQUES DES BUVEURS.

I. Lésions des os des buveurs (*Osteopathiœ potatorum. Alcoholismus ossium chronicus*). Les os des buveurs contiennent, d'après Rokitansky, beaucoup plus de graisse que d'ordinaire ; elle s'accumule dans la cavité médullaire aux dépens du tissu osseux. Comme il paraît, cet état des os a une influence sur la formation et la guérison des fractures, mais ne se fait reconnaître par aucun symptôme particulier et par aucune apparence extérieure de maladie.

II. Lésions des muscles des buveurs (*Myopathiœ potatorum. Alcoholismus musculorum chronicus*). Les muscles des buveurs sont au commencement de la cachexie relâchés, amincis, mollasses, pâles ; dans un état plus avancé de la cachexie, entremêlés de graisse et comprimés ; dans la cachexie développée (période de *tabes*), pâles, atrophiés et réduits jusqu'au quart ou au cinquième de leur état primitif. Outre ces métamorphoses pathologiques de la musculature, on remarque une diminution frappante du ton et de l'élasticité, un sentiment de lassitude et d'épuisement, une forte fatigue au moindre effort, une incertitude dans la démarche et le maniement des mains, une faiblesse des extrémités supérieures et inférieures, enfin une impossibilité de se tenir debout et de marcher, quoique les muscles reçoivent l'impression des nerfs et puissent être amenés à se contracter. Les lésions des muscles peuvent se développer insensiblement, mais aussi arriver subitement après un accès de *delirium tremens*, elles sont sujettes à des alternatives d'amélioration et d'aggravation.

III. Lésions du tissu cellulaire des buveurs (*Alcoholismus telæ cellulosæ chronicus*). Le tissu cellulaire des buveurs se remplit pendant la période de polysarcie (engraissement) d'une graisse grisâtre, onctueuse, en grande quantité, surtout sous la peau, entre les muscles, dans les membranes réticulaires et l'épiploon. Plus tard, dans la période de *tabes*, la graisse disparaît et fait place à une masse gélatineuse. Enfin le tissu cellulaire se remplit d'exsudations séreuses, surtout quand il existe simultanément un état d'hydræmie, de cirrhose du foie et de maladie de Bright. A ces métamorphoses pathologiques du tissu cellulaire correspondent différentes lésions. Dans la période d'engraissement se produisent des compressions remarquables; dans la période d'amaigrissement, des symptômes d'œdème et d'anasarque.

IV. Lésions de la peau des buveurs (*Dermopathiæ potatorum. Alcoholismus cutis chronicus*). La peau des buveurs est, au commencement de la cachexie, d'ordinaire très molle, souple, et disposée à la transpiration; plus tard, pleine, boursouflée, tantôt elle devient rouge, tantôt terreuse ou grise, ou d'un gris jaunâtre; enfin sèche, épaisse, et roide, et en même temps d'un gris jaunâtre ou terreuse. Outre ces métamorphoses pathologiques de la peau, il peut encore se développer différentes lésions particulières. Ainsi, on voit assez souvent des veines variqueuses aux joues et aux nez, et en outre, au bout et sur les ailes du nez, ce qu'on appelle couperose (*acne rosacea*), ou, à d'autres places de la peau, des érythèmes, érésipèles ou furoncles, ou des ulcères et des abcès, ou les boutons et vésicules de l'urticaire, du prurigo, du lichen, de l'eczema, et quelquefois, quand la peau est sèche, les écailles du psoriasis et du pitiriasis. Toutes ces lésions n'ont rien de particulier, sinon qu'elles sont plus ou moins en rapport avec l'alcoolisme.

V. Lésions de l'estomac des buveurs (*Gastropathiæ potatorum. Alcoholismus ventriculi chronicus*). L'estomac des buveurs présente souvent tous les caractères du catarrhe chronique ou de l'inflammation chronique; quelquefois il est épaissi, et présente même la forme de l'*hypertrophia mammilaris*, d'autres fois il est érodé, ulcéré, ramolli ou atrophié. La couche musculaire est souvent hypertrophiée; en outre, on remarque des dégénérescenses calleuses, ou sténotiques ou cancéreuses, qui sont plus ou moins étendues. Aussi, pendant leur vie, les buveurs présentent souvent les symptômes du catarrhe de l'estomac et de l'inflammation chronique de l'estomac (*dyspepsia potatorum*); quelquefois aussi ceux de l'ulcération, ou du ramollissement, ou de l'épaississement, ou du rétrécissement, ou du cancer de l'estomac. Toutes ces lésions n'ont rien de spécifique, et se produisent, en partie sous l'influence irritante de l'ingestion continue d'alcool, en partie par l'effet d'un sang vicié.

VI. Lésion des intestins des buveurs (*Enteropathiæ potatorum*). La muqueuse des intestins est souvent le siége d'une inflammation chronique, quelquefois elle se trouve amincie et atrophiée; les glandes de Brunner sont quelquefois considérablement grossies. Conformément à ces lésions, les buveurs souffrent tantôt des symptômes de l'entérite chronique, tantôt de diarrhées continuelles, tantôt de constipation opiniâtre, même de *melœna*.

VII. Lésions du foie des buveurs (*Alcoholismus hepatis chronicus*). Le foie des buveurs subit très souvent une série de métamorphoses pathologiques, qui commencent par la formation du foie muscadé et conduisent, par le foie gras, à la cirrhose du foie (foie granulé, atrophié, *Brantweinleber*, *gin liver*). En conséquence on remarque quelquefois, quoique plus rarement qu'on ne pourrait s'y attendre d'après le résultat des autopsies, différents symptômes plus ou moins caractérisés d'affection chronique du foie, qui proviennent évidemment de l'influence du sang alcoolisé de la veine porte.

VIII. Lésions de la rate des buveurs (*Splenopathiæ potatorum*). La rate des buveurs est quelquefois gonflée, tendre, molle; quelquefois ratatinée et coriace; quelquefois épaissie dans sa capsule, durcie dans son tissu, et agrandie en volume, quelquefois ramollie. Comme il paraît, ces altérations de la rate ne se trahissent pas, ou presque pas, durant la vie, ce qui est fâcheux pour le traitement.

IX. Lésions du pancréas des buveurs (*Alcoholismus pancreatis chronicus*). Comme on l'indique, le pancréas doit éprouver une augmentation de substance et de volume, qui cependant ne se trahit jamais par des symptômes particuliers.

X. Lésions des reins des buveurs (*Nephropathiæ potatorum*). Les reins des buveurs se trouvent assez souvent dans un état d'hyperæmie ou de dégénération, qui se traduit pendant la vie par les symptômes de la congestion rénale et de la maladie de Bright. Comme l'expérience l'enseigne, cette dernière maladie est au nombre des plus dangereuses dont les buveurs soient atteints.

XI. Lésions de la vessie des buveurs (*Lystopathiæ potatorum*). La vessie des buveurs est quelquefois atteinte de catarrhe chronique, qui se manifeste sous la forme de blennorrhée de la vessie. Il arrive aussi quelquefois une *incontinentia urinæ*, qui résulte d'une atonie ou paralysie du col de la vessie.

XII. *Sexus chronicus*. Il est prouvé par des chiffres (Lippich) que les buveurs ont beaucoup moins d'enfants que les hommes tempérants, ce qui s'explique par l'affaiblissement que l'alcoolisme apporte au sanctuaire de la vie, jusqu'à détruire la faculté d'engendrer et celle de concevoir.

XIII. Lésions du cœur des buveurs (*Cardiopathiæ potatorum*). Le cœur des buveurs arrive, par suite des effets stimulants de l'alcool, assez souvent à un état plus ou moins prononcé d'hypertrophie, qui se développe ordinairement au septum et au ventricule gauche, plus rarement en même temps au ventricule droit. Pendant le développement de la cachexie, il se forme une dégénération adipeuse du cœur, qui consiste non-seulement en dépôts de graisses considérables sur le cœur, mais en infiltrations graisseuses des parois de cet organe, qui produisent une atrophie de la substance musculaire; qu'alors le ventricule gauche se trouve ordinairement dilaté, cela paraît être la suite d'une disproportion entre la pression du sang et la résistance de la paroi du cœur. Plus tard le cœur arrive, par la disparition complète de la graisse, à un état d'atrophie très prononcé, qui ordinairement accompagne le marasme ou la consomption des muscles.

XIV. Lésions des vaisseaux des buveurs (*Angiopathiœ potatorum*). Les artères des buveurs sont très souvent le siége d'un développement athéromateux, qui peut conduire à l'ossification, à l'ulcération, à l'anévrisme et à des ruptures, et qui se produit le plus souvent à l'aorte et aux vaisseaux du cerveau. En outre on remarque souvent aux grands et aux petits vaisseaux du cerveau, même sans dépôts athéromateux simultanés, un élargissement remarquable de leur capacité, qui peut occasionner différents désordres du cerveau. La veine porte, ainsi que les autres veines des buveurs, sont quelquefois considérablement dilatées, sinon même variqueuses, particulièrement autour de l'anus.

XV. Lésions des poumons des buveurs (*Alcoholismus pulmonum chronicus*). La muqueuse des bronches des buveurs porte très souvent tous les signes du catarrhe chronique, et le tissu du poumon a quelquefois les caractères de l'œdème et d'emphysème des poumons. Aussi remarque-t-on pendant la vie des buveurs qu'ils ont non-seulement les symptômes du catarrhe et des autres maladies des poumons, mais aussi une prédisposition marquée aux inflammations aiguës des poumons et de la plèvre.

XVI. Lésions des organes de la parole chez les buveurs (*Aphonia et psellismus potatorum*). Le larynx des buveurs est quelquefois le siége d'un catarrhe chronique, qui est accompagné d'enrouement. En outre on remarque souvent une perte du son (*aphonia*), ainsi qu'un bégayement remarquable (*psellismus*), lequel provient d'un manque d'action des nerfs qui se rendent aux muscles de l'appareil de la parole et de la voix. Ces dernières maladies peuvent alternativement disparaître et revenir, et sont très souvent en liaison avec la paralysie, l'épilepsie et le tremblement vermiculaire de la langue.

XVII. Lésions des yeux des buveurs (*Alcoholismus oculorum chronicus*). Les yeux des buveurs ont souvent la conjonctive (blanc de l'œil) malade. Elle paraît rouge et injectée. L'intérieur de l'œil peut aussi être atteint et il en résulte une dilatation, ainsi qu'un défaut de mobilité de la pupille, des scintillements devant les yeux, des obscurcissements de la vue qui vont et viennent. Quand cette dernière lésion se présente en lisant un livre, les lettres paraissent se confondre l'une dans l'autre, de manière qu'il en résulte un chaos.

XVIII. Lésions des oreilles des buveurs (*Otopathiœ potatorum*). Quelquefois et particulièrement en coïncidence avec l'arrivée des scintillements devant les yeux, il s'établit chez les buveurs un bruissement opiniâtre dans les oreilles, qui peut même en devenant intense empêcher le sommeil. Cet inconvénient peut aussi apparaître et disparaître alternativement et conduire à la longue à la surdité.

XIX. Lésions des nerfs des buveurs (*Neuropathiœ potatorum. Alcoholismus nervorum chronicus*). Le système nerveux des buveurs est très souvent le siége de maladies considérables. En les indiquant l'une après l'autre par articles, quoique très en abrégé, nous croyons être justifié par leur importance :

1. Apoplexie des buveurs (*Apoplexia potatorum*). Cette affection surprend les buveurs très souvent, lors même qu'ils n'ont pas une tournure apoplectique. La cause en est en partie dans l'état athéromateux et de dilatation des vaisseaux du cerveau que nous avons déjà mentionné, en partie dans l'hypertrophie du cœur qui se produit si souvent, en partie dans l'état d'hydræmie du sang, qui arrive toujours ensuite de l'alcoolisme. A part sa cause, l'apoplexie des buveurs n'a rien de particulier.

2. Inflammation du cerveau des buveurs (*Encephalitis et meningitis potatorum*). Dans cette affection, on trouve aussi bien à l'autopsie que pendant la vie les symptômes et les altérations mentionnés dans la pathologie locale; c'est pourquoi on peut les passer sous silence. Selon toute apparence, cette maladie est produite par l'irritation perpétuelle qui accompagne l'usage de l'alcool, concurremment avec d'autres influences qui ne sont pas toujours très claires.

3. Ramollissement du cerveau des buveurs (*Encephalomalacia potatorum*). A l'autopsie des buveurs, on remarque quelquefois des parcelles du cerveau ramollies, après avoir observé pendant la vie plus ou moins distinctement les symptômes du ramollissement du cerveau, qui d'ordinaire ne diffèrent pas de ceux qu'offre le ramollissement du cerveau par toute autre cause.

4. Stupidité et démence des buveurs (*Stupiditas et dementia potatorum*). A l'autopsie des buveurs qui ont été atteints de stupidité et de démence, on remarque ordinairement des exsudations séreuses sous les membranes du cerveau, à la base du crâne, et dans les ventricules. Quand ces maladies, qui, outre leur cause, n'ont rien de spécifique, ne se développent que secondairement, elles arrivent le plus souvent à la suite du *delirium tremens*, des hallucinations, de la manie ou de l'épilepsie. Quand la démence se complique de faiblesse des muscles par paralysie, on l'appelle *dementia paretica v. paralytica*.

5. Hallucinations des buveurs (*Hallucinationes potatorum*). Pendant la vie des buveurs, on remarque chez eux très souvent toutes sortes d'hallucinations, non-seulement pendant la durée du délire tremblant, mais aussi en dehors. Pendant les hallucinations de la vue et de l'ouïe, qui sont les plus fréquentes, les malades croient voir toutes sortes d'esprits, d'hommes, d'animaux et d'objets qui n'existent pas objectivement, ou bien ils croient entendre des bruits, des voix, des discours, des injures, des mélodies musicales ou des sons de cloches. Dans les hallucinations de l'odorat, du goût et du toucher, qui sont plus rares, les malades s'imaginent sentir de mauvaises odeurs, ou des goûts spiritueux, ou avoir dans les mains des pièces d'or, des animaux ou d'autres objets. La durée des hallucinations des buveurs est très différente, et varie de quelques heures à des jours, des semaines et même des mois, et pendant ce temps le malade peut se conduire pour le reste très raisonnablement. A côté des hallucinations, il peut se produire d'autres symptômes d'alcoolisme, ou ne s'en montrer aucun.

6. Manie de suicide des buveurs (*Tristimania potatorum ad suicidium*). Que les buveurs, plus que les hommes tempérants, soient disposés à se suicider, c'est ce que démontrent les tablettes de statistique.

La cause en est dans une disposition maladive du corps, qu'on peut très bien nommer mélancolie ou tristimanie. Quand un buveur en est atteint, il devient taciturne, réservé, mécontent, pensif et solitaire, et nourrit des pensées de suicide auxquelles tôt ou tard il finit par faire succéder l'action.

7. Manie d'homicide des buveurs (*Monomania potatorum ad homicidium*). Chez certains buveurs s'éveille, à ce qu'on dit, par suite de certaines hallucinations (esprits et voix qui les excitent à agir), une manie maladive, un besoin tout à fait irrésistible de tuer des hommes, et ils choisissent pour victimes, tantôt leur propre femme, tantôt leurs enfants, leurs parents ou amis. Quand le meurtre est accompli, les acteurs se réveillent souvent pleins de repentir et de désespoir de leur vie de songes : celle-ci les excuse devant les tribunaux.

8. Manie d'incendie des buveurs. (*Pyromania potatorum*). Comme on l'a prétendu, maints buveurs, pendant leur ivresse ou immédiatement après, ont été saisis de différentes hallucinations, ou d'une joie maladive que leur causait le feu et le bruit du feu, par suite d'un désir irrésistible d'incendier. Nous ne pouvons nous prononcer sur ce sujet, n'ayant aucune expérience là-dessus.

9. Dipsomanie des buveurs (*Dipsomania, v. Oinomania potatorum. monomania ad potum*). Brühl-Cramer a décrit une disposition maladive des buveurs, à laquelle il a donné le nom mal appliqué de *Trunksucht* ou *Sauftrieb*; Hufeland, celui de *Dipsomanie*, et Hutchinson, celui de *Oinomanie*. Elle consiste en un désir irrésistible, un véritable besoin de boire et de s'enivrer, et se trouve en rapport avec le désir ordinaire de boire (*Appetitus, v. Libido ad potum*), comme la nymphomanie avec le désir vénérien ordinaire. Quand le buveur, après un abus des boissons spiritueuses qui peut avoir duré des années, est atteint de cette manie, il survient d'abord quelques symptômes nerveux ou gastriques comme avant-coureurs, après quoi arrive un besoin furieux de boissons alcooliques. Si ce besoin n'est pas satisfait, le malade tombe dans le désespoir, la rage et même les convulsions. Si le malade obtient les boissons qu'il exige, il boit avec la plus grande ardeur, jusqu'à ce qu'il soit ivre, et quand il se réveille, il recommence jusqu'à ce qu'il se soit de nouveau enivré. Quand ce besoin exalté de boire s'est éteint, après un temps plus ou moins long, arrive un dégoût invincible pour les boissons spiritueuses qui dure plus ou moins longtemps, pour faire place de nouveau à un besoin de boire.

10. Manie des buveurs (*Mania potatorum, s. Mania a potu*). Il se développe chez beaucoup de buveurs une manie qui ne diffère de la manie ordinaire que par ses causes. Elle se démontre particulièrement chez les individus qui déjà, pendant l'ivresse ordinaire, se conduisent avec violence, fureur, démolissant et maltraitant, et qui ne peuvent être domptés que par la force. Quand la manie a duré longtemps, elle se répète à intervalles rapprochés et se termine en démence.

11. Délire des ivrognes (*Delirium tremens potatorum*). Cette maladie, qui sera décrite plus en détail dans la pathologie locale, se développe assez souvent et par suite de différentes causes dans le cours de la cachexie des buveurs, comme épisode de maladie aiguë; elle se ter-

mine quelquefois par la mort, plus souvent par la guérison. Dans le dernier cas, la cachexie reste et prend souvent une tournure fatale après l'accès de *delirium tremens.*

12. Epilepsie des buveurs (*Epilepsia potatorum*). Il arrive assez souvent que les buveurs sont atteints d'accès d'épilepsie. Quelquefois ils sont précédés de convulsions à périodes irrégulières, de symptômes de paralysie et de tremblement. Quelquefois la maladie se déclare sans avant-coureurs. A part les causes, il n'y a rien dans l'épilepsie des buveurs qui la différencie des autres épilepsies.

13. Convulsions des buveurs (*Convulsiones potatorum*). Pendant le cours de la cachexie des buveurs, il peut à tout moment se déclarer des convulsions, qui sont ordinairement à périodes irrégulières avec agitation tumultueuse; plus rarement elles rappellent l'*opisthotonus* (convulsion qui courbe le corps en arrière) et la chorée ou danse de Saint-Gui. Elles sont précédées de symptômes nerveux divers, comme prodromes, tels qu'une sensation particulière dans la tête, ou un scintillement devant les yeux. Quand les convulsions se déclarent, elles commencent, dans la règle, par les bras et les jambes pour envahir tout le corps, et après une durée d'une à quelques minutes, elles cessent en laissant une grande fatigue dont le malade se remet par le sommeil.

14. Soubresauts, spasmes et crampes des buveurs (*Subsaltus, spasmus et crampus potatorum*). Il arrive assez souvent qu'on remarque que différents muscles et paquets de muscles au corps des buveurs sont atteints de crampes, comme les produisent les poisons, qu'ils ressautent ou se soulèvent, ou se contractent avec douleur et restent quelque temps contractés. Cette dernière lésion se remarque le plus souvent aux mollets, rarement à d'autres parties du corps. Comme il paraît, ces affections arrivent le plus souvent de nuit, quand le corps est reposé, ou quand survient une émotion; elles peuvent alternativement s'améliorer et s'aggraver. Quand les soubresauts musculaires atteignent la langue, il se produit naturellement un bégayement sensible.

15. Tremblement des buveurs (*Tremor potatorum*). Cette affection est la plus fréquente des lésions chroniques du système nerveux des buveurs. Elle commence par un tremblement des mains tous les matins, et s'étend en augmentant aux bras, aux jambes, au corps, et même aux lèvres et à la langue, et se renouvelle à différentes heures de la journée. Par le repos et l'usage de boissons stimulantes ce tremblement peut s'améliorer pour un moment. Quand le mal acquiert une plus grande intensité, il se transforme en un tremblement qui secoue tout le corps et entrave non-seulement les mouvements musculaires déterminés, mais même la marche et la station, et produit un claquement des dents.

16. Paralysie des buveurs (*Paralysis et paresis potatorum*). Il peut se développer chez les buveurs deux espèces de paralysies, celles qui sont liées à une exsudation sanguine ou séreuse ou à un ramollissement du cerveau (paralysies apoplectiques, hydrencéphaliques, ou mulaciques) et celles qui sont la suite d'une atrophie et d'un manque d'innervation des muscles : ce sont les paralysies proprement dites. Ces dernières se développent ordinairement à la suite de tremblements et d'affaiblissement du corps, et atteignent la plupart des muscles du corps. Arrivée à son complet développement, la paralysie des buveurs empêche les mouvements de tous les membres du buveur, jusqu'à le clouer sur son lit, et le mettre dans la nécessité d'être nourri comme un enfant.

17. Fourmillement des buveurs (*Formicatio potatorum*). Dans le cours de la cachexie des buveurs, il se produit très souvent un fourmillement qui commence ordinairement par les pieds et s'étend, tantôt seulement aux jambes, tantôt aussi aux reins, aux mains et aux bras, tantôt au tronc et à tout le corps. Cette sensation maladive ne se montre d'abord que par moments et surtout le soir, quand le malade est au lit. Plus tard, elle devient permanente, mais disparaît quand arrivent la paralysie et l'anesthésie. La formication est très variable quant à sa force et à sa qualité. Quand elle devient intense, elle peut conduire au délire et aux hallucinations.

18. Arthralgie des buveurs (*Arthralgia potatorum*). Il s'établit quelquefois aux jambes des buveurs, à la suite de fourmillements, des sensations douloureuses, qui se changent tantôt en douleurs cuisantes et perçantes, tantôt en douleurs sourdes dans l'intérieur. Ces douleurs arrivent soit d'elles-mêmes, soit par suite d'une cause externe, et s'établissent comme mal intermittent, non inflammatoire. Aussi, le membre malade n'est ni rouge ni enflé, quoique ses fonctions soient visiblement altérées. Les paroxysmes de douleurs deviennent plus fréquents, ou plus rares, et occasionnent un tourment plus ou moins intense, suivant le degré de leur violence. Comme il paraît, ce mal est de nature névralgique, quoiqu'il ne suive pas le cours de nerfs particuliers.

19. Insensibilité des buveurs (*Anæsthesia potatorum*). Quand les buveurs sont arrivés au point que la faiblesse musculaire, la paralysie et le fourmillement se développent chez eux, il se déclare assez souvent une anesthésie plus ou moins complète. Elle commence ordinairement au bout des orteils, et s'étend sur le pied, et rarement jusqu'au péronée. L'anesthésie peut aussi commencer au bout des doigts, et s'étendre sur le dos de la main jusqu'à l'avant-bras. Par exception l'affection peut s'étendre à tout le corps et atteindre même le dos. Malheureusement, l'anesthésie ne fait pas partie des affections intermittentes, mais appartient aux affections continues et même croissantes. Ordinairement la peau seule en est atteinte; cependant les parties plus profondes peuvent aussi s'en ressentir.

MALADIE GÉNÉRALE DES BUVEURS.

Dyscrasie, cacochymie et cachexie des buveurs (*Dyscrasia, cacochymia et cachexia potatorum*).

Si les lésions qui viennent d'être énumérées peuvent toutes être considérées comme basées sur une affection prépondérante de l'un ou l'autre organe, et par conséquent comme lésions organiques, il existe en face d'elles une série de lésions qui ont leur origine dans une altération générale produite par l'alcool dans le sang, les humeurs et les tissus, et c'est ce que nous comprenons sous le nom de maladie générale des buveurs, dyscrasie des buveurs, alcoolisme ou cacochymie et cachexie des buveurs. Cette affection doit être sans aucun doute considérée comme la raison des différentes lésions qui, dans le cours de la maladie générale, se développent dans l'un ou l'autre organe particulier des buveurs.

Pour décrire l'origine et le développement de la dyscrasie des buveurs, il est nécessaire d'étudier plus exactement l'influence de l'alcool sur la transformation des matières et l'alimentation du corps.

Quand des quantités moyennes d'alcool sont introduites chaque jour dans l'estomac, comme cela arrive ordinairement chez les buveurs, il arrive que non-seulement le sang est chargé habituellement de matières toxiques, mais aussi tout l'ensemble des organes végétatifs et autres. Quelle est la conséquence de cette charge qui pèse mal à propos sur le corps? Sous l'influence des matières toxiques, les fonctions des organes sont activées, les battements du cœur et la respiration augmentés, et une trop grande quantité d'oxygène introduite dans le corps. Mais ce dernier, après avoir pénétré dans le sang, ne se combine pas avec les substances ordinaires, mais particulièrement avec l'alcool, ou, quand il fait défaut, avec les résidus des boissons alcooliques. Par suite de cette affinité, tout à fait fondée physiquement, les hydrates de carbone du sang (sucre de raisin, etc.), ainsi que les combinaisons de protéine, sont consumés et convertis en trop petite quantité, de manière qu'il sort par les poumons et les reins d'un buveur beaucoup moins d'acide carbonique et d'urée que cela n'a lieu chez un homme qui n'a pas bu. (Vierordt, Boecker, Duchek.) Que deviennent alors ces matières non consumées, non converties, mais accumulées dans le sang? Comme on peut le voir dans le sang et le serum opalin et gras des buveurs, les hydrates de carbone du sang non consumés, et quantitativement augmentés, d'après Duchek, se transforment continuellement en graisse, qui produit une lipæmie ou piarræmie (adiposité du sang, *lipæmia potatorum*), et se dépose par la circulation du sang dans les os, les muscles et le tissu cellulaire, en même temps que les combinaisons de protéine qui ne sont pas utilisées. Comme on le comprend, la conséquence de cette décharge du sang sur les organes du corps qui aiment à se charger de graisse, est que la somme des cellules de graisse croît toujours dans les os, les muscles et le tissu cellulaire, et que les organes mentionnés deviennent le siège d'une accumulation de graisse qui frise la maladie ou même devient tout à fait maladie. (*Lipamotosis*, v. *Polysarcia potatorum*.) Quand ce manége, qui est loin d'être restaurant, a duré un certain temps, il se trahit extérieurement dans toute la complexion et l'apparence du buveur dont la corpulence et la peau molle, grasse, luisante, frappent même l'observateur le moins exercé. Quand l'engraissement du buveur, qui peut être accompagné de diverses incommodités, a duré un certain temps sans que l'appétit et la digestion aient souffert en aucune manière, il se développe, quelquefois même plutôt, sous l'influence d'un sang dont la composition est anormale, ou par d'autres causes, différentes affections des organes nécessaires à la respiration, à la digestion, à la circulation, à diverses sécrétions et à l'innervation, affections qui exercent la plus grande influence sur la marche future de la dyscrasie, ainsi que sur le sort du buveur. S'il se manifeste d'abord, comme c'est ordinairement le cas (cela ne doit pas surprendre), par suite du contact continuel de l'alcool, une lésion des premières voies (dyspepsie, embarras de la digestion, diarrhées, etc.), ou même de tout le système intestinal, il arrive tôt ou tard, par suite d'une diminution dans la résorption de matières nutritives convenables, que le sang se trouve trop aqueux, et même privé de parties nutritives, d'où il résulte que la métamorphose rétrograde des tissus et des organes, jusqu'alors trop abondamment nourris, se précipite, et que la graisse disparaît ainsi que d'autres parties intégrantes du tissu cellulaire, des muscles et d'autres organes. Comme conséquence de cette transformation, il se développe une atrophie générale évidente (*tabes*) qui, en raison de ses causes, peut être appelée *tabes potatorum*, et produit toujours un affaiblissement du malade. Quand l'atrophie a marché jusqu'à la disparition complète de la graisse et même d'une partie importante de la substance des muscles et des organes, le malade meurt enfin du manque de nutrition et des épanchements hydropiques qui l'accompagnent (*anascaria, uscite, hydrothorax et épanchement séreux du cerveau*), quand d'autres complications fatales de la cachexie n'ont pas déjà plus tôt terminé la vie du malade d'une autre manière. Le cours de la maladie générale n'est pas sensiblement altéré, lorsque, dans la période de polysarcie, au lieu de l'affection du canal intestinal, il se développe une affection prépondérante du foie, du cœur, des poumons, ou des reins, ou enfin du système nerveux, qui impose son influence au développement futur de la cachexie. Dans ces cas aussi, quand le cours de la maladie est assez prolongé, la polysarcie passe et fait place à l'atrophie, qui se combine pour l'issue fatale avec les hydropisies de la cirrhose, de la dégénération des reins, de la maladie de Bright, ou avec l'hydropisie de poitrine et du péricarde si les poumons et le cœur sont malades, ou avec la démence paralytique et d'autres affections nerveuses si c'est le système nerveux qui est atteint.

Quant à ce qui concerne les complications de la cachexie des buveurs, elles sont extrèmement variées. Outre que les maladies les plus hétérogènes, telles que la syphilis, les scrofules, le typhus, le carcinome, etc., peuvent se combiner avec la cachexie des buveurs, toutes les lésions organiques des buveurs, que nous avons traitées plus haut, et qui naissent du sein de la cachexie des buveurs, par suite d'une affection prépondérante de l'un ou l'autre organe ou système d'organe, peuvent s'ajouter tôt ou tard comme complications à la maladie générale. En effet on remarque, outre les caractères de la cachexie en général, les lésions prononcées, tantôt des organes de la vie végétative (les premières voies, le foie, les poumons, le cœur, les reins, etc.), tantôt du système nerveux (tremblement, paralysie, convulsions, épilepsie, arthralgie, anesthésie, hallucinations, maladies mentales, etc.), tantôt des organes de la vie végétative et du système nerveux simultanément. Il n'est pas nécessaire de démontrer que, d'après ces circonstances, la forme de la cachexie des buveurs peut être modifiée d'une manière très variée. Mais il ne paraît pas juste de présenter l'une ou l'autre des complications qui peuvent survenir comme plus particulièrement importante et typique, puisque dans le traitement des buveurs chaque complication de la maladie générale doit être considérée comme quelque chose de particulier, et suivant les circonstances être traitée à part.

Causes. On a longtemps considéré comme cause extérieure produisant la maladie de l'alcoolisme l'huile essentielle du vin ou essence de pomme de terre, qui se trouve dans la plupart des boissons alcooliques, mais d'après les expériences concluantes et répétées faites sur des chiens (Dahlstrœm, Hus) on ne peut l'attribuer qu'à l'alcool lui-même. Cependant les boissons qui contiennent de l'alcool ne sont pas toutes susceptibles de produire la cachexie des buveurs avec toutes ses complications, mais seulement celles qui contiennent une certaine quantité d'alcool. Ainsi la bière qui ne contient que peu d'alcool, 4 p. 100, n'arrive que très rarement, et seulement par suite d'un abus prodigieux à produire les désordres que l'abus du vin (10 à 24 p. 100 d'alcool), et surtout l'abus de l'eau-de-vie, rhum etc. (40 à 60 p. 100 d'alcool), met dans le cas d'observer si souvent. Comme causes déterminantes de la cachexie des buveurs et de ses complications se présentent les influences les plus diverses. Ainsi un refroidissement peut favoriser l'éclosion d'un catarrhe des bronches ou du larynx, qui sans cela ne se serait pas du tout produit, ou du moins ne serait venu que beaucoup plus tard. Ainsi la colère, le chagrin peuvent faire éclater une affection du foie, qui sans cela malgré l'influence de l'alcool n'aurait pas eu lieu. Ainsi des malheurs, des chagrins domestiques, des difficultés pécuniaires, etc., favorisent l'explosion d'une maladie mentale (manie, délire), qui malgré l'abus de l'alcool ne se serait pas démontrée sans cela. Enfin certaines prédispositions paraissent jouer un rôle important dans la formation des maladies chroniques des buveurs. On sait par expérience que maints buveurs qui depuis longtemps s'abandonnent à leur fatale habitude, se trouvent d'une manière étonnante préservés de toute maladie sérieuse, tandis que d'autres buveurs de date récente se trouvent en peu de temps extrêmement affaissés et affaiblis. Il est vrai qu'il est impossible d'indiquer exactement quelles sont ces prédispositions quoiqu'on ne puisse les nier. Comme il paraît, un genre de vie irrégulier, débauché avec un tempérament sanguin ou colérique et une forte constitution prédisposent décidément plus à l'explosion de l'alcoolisme chronique que des conditions opposées de constitution, de tempérament et de genre de vie.

Paris. — Typ. de Ch. Meyrueis et Cᵉ, rue des Grès, 11.

LIBRAIRIE GERMER-BAILLIÈRE

17, RUE DE L'ÉCOLE-DE-MÉDECINE

BOUCHARDAT. Le Travail, son influence sur la santé (conférences faites aux ouvriers). 1863. 1 vol. in-18.   2 fr. 50 c.

BOSSU. Nouveau compendium médical à l'usage des médecins-praticiens, contenant : 1° La *Pathologie générale*; 2° *Dictionnaire de pathologie interne,* avec l'indication des formules les plus usitées dans le traitement des maladies; 3° *Mémento thérapeutique,* avec la définition de toutes les préparations pharmaceutiques. 1862. 3° édition. 1 vol. grand in-18.   7 fr.

CARON. Le Code des jeunes mères. Traité théorique et pratique pour l'éducation physique des nouveau-nés. 1859. 1 vol. in-8. 3 fr. 50 c.

ÉLIPHAS LÉVI. Histoire de la Magie, avec une exposition claire et précise de ses procédés, de ses rites et de ses mystères. 1860. 1 vol. in-8, avec 90 figures.   12 fr.

FOY. Mémorial de thérapeutique à l'usage des médecins-praticiens, contenant la médecine, la chirurgie, les accouchements. 1862. 1 vol. in-8 de 1250 pages, en deux parties.   14 fr.

THEVENIN (ÉVARISTE). **Hygiène publique.** Analyse du rapport général des travaux du conseil de salubrité de la Seine (1849-1858). 1 vol. in-18.   2 fr. 50 c.

MUNARET. Le Médecin des villes et des campagnes. 4° édition. 1862. 1 vol. grand in-18.   4 fr. 50 c.

LIBRAIRIE DE CH. MEYRUEIS ET C°

174, RUE DE RIVOLI

La Sainte Bible (dite Populaire). 1 vol. de 950 pages in-12, relié toile anglaise :   Tranche marbrée.   1 fr. 75 c.
             Tranche dorée.   2 fr.

Almanach des Bons Conseils pour 1864. 39° année. 84 pages in-18. Illustré.   15 c.

Le même, petit in-4°.   30 c.

Les Ouvriers selon Dieu et leurs œuvres. Série de biographies adressées par Henri de Triqueti aux jeunes apprentis :

Séries 1 et 2 : *Bernard Palissy. — L'Ordre et le Calcul. — Benjamin Franklin. — Gutenberg. — Oberkampf.*   50 c.

Série 3 : *Elisabeth Fry. — Sœur Rosalie. — Sarah Martin.*   50 c.

Série 4 : *Laura Bridgman. — Le lieutenant Bellot.*   50 c.

Série 5 : *Georges Stephenson. — Robert Stephenson. — Jean Goujon. Jean Cousin et les Du Cerceau.*   75 c.

Série 6 : *Sur la persévérance :* Samuel Drew, Richard Foley, Marianne. — *Ambroise Paré.* — *Sur l'emploi du temps :* L'horlogerie, Berthoud, Bréguet.   75 c.

Série 7 : *Charles Linné.*   75 c.

Série 8 : *Le Travail. — L'Ordre et l'Économie. — La Tempérance.* 1° partie : L'Apôtre de la tempérance. — 2° partie : La Mine de Hartley.   75 c.

Sciences Physico-chimiques, par Joseph Morand. 1 vol. de 172 pages in-12.   75 c.

Paris. — Typ. de Ch. Meyrueis et Cie, rue des Grès, 11.

www.ingramcontent.com/pod-product-compliance
Lightning Source LLC
Chambersburg PA
CBHW070757280626
47162CB00016B/1488